Illustration:黒獅子
柳内たくみ
Yanai Takumi
GATE
ゲート
SEASON 2
自衛隊
彼の海にて
斯く戦えり
4. 張望編
上

ロゥリィは、
ハルバートを高々と掲げる。
「ふんっ!」
渾身の力を込めて
床を叩き割らんばかりに
振り下ろす。

だがミスラは
片手を上げて
いとも簡単に
それを受け止めた。

ゲート SEASON2

自衛隊　彼の海にて、斯く戦えり

4. 漲望編〈上〉

A L P H A　L I G H T

柳内たくみ
Takumi Yanai

アルファライト文庫

主な登場人物 Main Characters

徳島甫《とくしまはじめ》

海上自衛隊二等海曹。
特務艇『はしだて』への配属
経験もある給養員（料理人）。

オデット・ゼ・ネヴュラ

翼皇種《アヴィ》の少女。
戦艦オデット号の船守り。
プリメーラの親友。

江《え》田《だ》島《じま》五《ご》郎《ろう》

海上自衛隊一等海佐。
情報業務群・特地担当統括官。
生粋の“艦”マニア。

シュラ・ノ・アーチ

帆艇アーチ号船長。
正義の海賊アーチ一族。
プリメーラの親友。

プリメーラ・ルナ・アヴィオン

ティナエ統領の娘。
極度の人見知りだが酒を飲む
と気丈になる『酔姫』。

シャムロック・ハ・エリクシール

ティナエ政府
最高意思決定機関
『十人委員会』のメンバー。

メイベル・フォーン

亜神ロゥリィとの戦いに敗れ、
神に見捨てられた亜神。
徳島達と行動を共にする。

伊丹《いたみ》耀司《ようじ》

陸上自衛隊一等陸尉。
江田島の要請を受け
再び特地へ赴く。

石原《いしはら》莞吾《かんご》

中華人民共和国・
人民解放軍総参謀部二部に
雇われた日本人。

その他の登場人物

レディ・フレ・バグ …………海に浮かぶ国アトランティアの女王《ハーラム》。
セスラ …………メトセラ号の三美姫。三つ目のレノン種。
ミッチ …………メトセラ号の三美姫。黒真珠のような肌の海棲種族。
リュリュ …………メトセラ号の三美姫。褐色の肌を持つ亜人種。
イスラ・デ・ピノス …………シャムロックの秘書。
黎《レイ》 紫萱《ズシェン》 …………中華人民解放軍の二級軍士長。
プーレ …………プリメーラの世話係を任されたメイド。

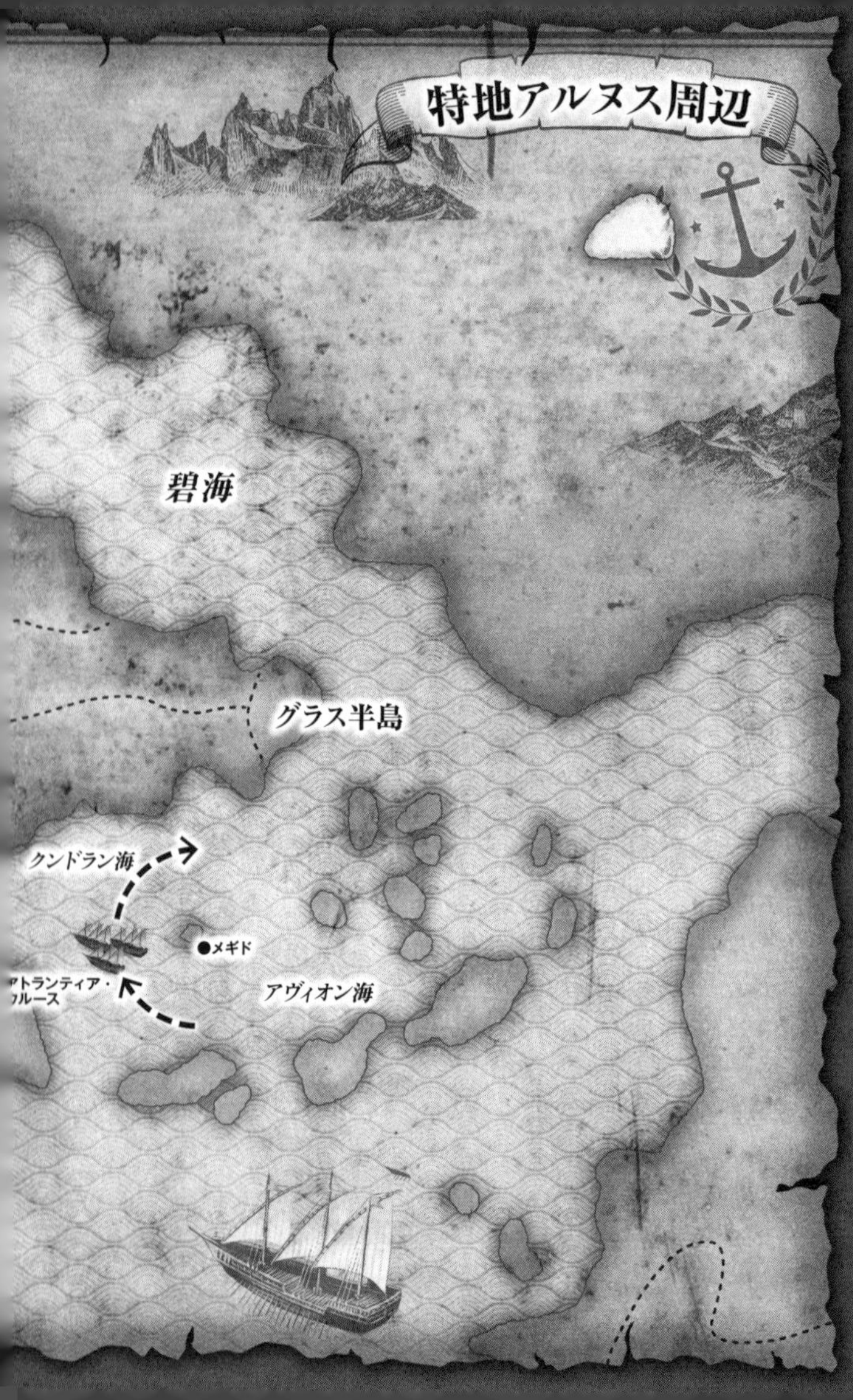
特地アルヌス周辺
碧海
グラス半島
クンドラン海
●メギド
アトランティア・
ルース
アヴィオン海

●ロンデル
帝都●
●イタリカ
◎アルヌス
エルベ藩王国
トュマレン
碧　海

アヴィオン海周辺
グローム
ヌビア
●シーミスト
グラス半島
ウービア
碧海
バウチ
フィロス
●コッカーニュ
●ブロセリアンド
ジャビア
●コセーキン
●ミヒラギアン
ウィナ●
ウブッラ
●ラルジブ
●ラミアム
●オフル
マヌーハム
アヴィオン海
シーラーフ
●レウケ
ローハン●
●ゼンダ
ティナエ
トラビア●
●ナスタ
東堡礁《とうほしょう》
南堡礁《なんほしょう》
●テレーム
サランディブ
ガンダ●
クローヴォ●
●グランブランブル
ルータバガ

序

特別地域／アトランティア・ウルース

特地アヴィオン海とクンドラン海のほぼ境目《さかいめ》辺りに、無数の船を鎖《くさり》で繋《つな》いで作り上げた王国――アトランティア・ウルースが浮かんでいる。

そこは何十万もの海の民が身を寄せ合って暮らす海上のオアシスだ。

その船群《せんぐん》の一艘《いっそう》に、中華人民共和国・人民解放軍総参謀部二部・戦略工作部四局十四処に所属する秘密拠点《アジト》が置かれていた。

彼ら四局十四処はこのウルースの他にも、特地世界のあちこちに活動拠点を設けている。

ある者は商社のサラリーマンに扮《ふん》し、ある者はジャーナリスト、あるいは学者を装い、またある者は背乗《はいの》りという方法で日本人の戸籍を獲得するなどして、『門《ゲート》』を越え、アルヌスとその周辺に一つずつ足がかりを築いていった。

しかし、今ではその拠点も減ってしまった。

全てはロゥリィ・マーキュリーをはじめとする亜神達の襲撃のせいだ。

「くそっ！　この世界の亜神とやらは、どうして我らばかりを目の敵《かたき》にして活動を邪魔するんだ⁉」

「神なんて無力であるべきだし、某《なにがし》かの力があるとしても公平中立であるべきだ！　なのに日本という国に肩入れし過ぎている！　いや、我々のみを狙い撃ちにし過ぎている！」

この特地世界に工作活動の拠点を築いているのは中国共産党だけではない。

日本の仮想敵国であるロシア、大韓民国、北朝鮮はもとより、友好関係にあるアメリカ、イギリス、フランス、イスラエルといった国々までもが、公然と、あるいは非合法的なやり方で、諜報・工作活動を行うための拠点を設けている。

彼らはこれまでアラブの春やシリアの内戦、ウクライナの政変や内乱を演出し加担もしてきた。

民間人を多数乗せた旅客機を撃墜《げきつい》し、散乱した死体から現金や貴金属を略奪した国もある。

独裁者の施政下《しせいか》とはいえとりあえずは安定して平和だった国を、子供や年寄りが次々と死んでいくような内戦状態に追いやり、それでも自由の勝利だと喝采《かっさい》してきた。

余所《よそ》の国に土足で立ち入り、他国民を力尽くで連れ去るといったことも平然とするし、射殺した兵士の携帯で親に電話をかけ、今あんたの息子が死んだぜ、と告げて悲しみに突き落とすようなこともする。そんな風に、良心など欠片《かけら》すらも存在していないと思わせる行動を繰り返してきたのである。

当然、この特地世界での彼らの行状《ぎょうじょう》も、決してお行儀がよいとは言えない。なのに、それらの国々の拠点が亜神に襲撃されたという話はまったく出てこなかった。狙われるのは、いつも中国の拠点ばかりなのである。

「ってことはさ、自分達のやっていることが原因じゃないかって、気付くべきなんじゃねえの？」

石原莞吾《いしはらかんご》は呆《あき》れたように呟く。

しかしアジトの中国人達は、彼の言葉にまったく耳を貸そうとはしなかった。

それは石原が日本人だからということもあるだろう。

教育のせいか、それとも反日ドラマや反日映画でも見過ぎたのか、日本人の言うことなんかに耳を貸してやるものかという頑《かたく》なさが彼らの中にはあるのだ。

とはいえ、深層意識まで刷り込まれた反日意識だけでそうなる――という理屈もいささか納得し難《がた》い話である。

おそらくは、『正常化バイアス』という、自分に不都合な情報を無意識にシャットアウトしてしまう心の働きも影響していると思われた。

そもそも中国人民解放軍総参謀部二部が工作員に下した命令は至極簡単なものであった。

――この『幻奇世界《ファンタジー》』に混乱を引き起こせ。

そうすれば日本政府と自衛隊は特地に注力せざるを得ない。するとその分、本国第一列島線付近にある日本の海上戦力は減殺される。

そこで彼らは、この特地世界のアルヌスから少しばかり離れた地域に、これまでなかったような武器を生産してばら撒《ま》くという作戦を採用した。

技術者が本国から送り込まれ、多くの武器が製作された。

現地で手に入る材料を使った爆発物製造法の手引き書も用意された。

これによって盗賊や海賊といった反社会勢力が力を得て、あちこちの国家が不安定に陥《おちい》るだろう。

海上交通網は寸断され、治安は低下し、物資の不足が各地の人々を苦しめるようになるはずだ。

特地世界の国々では、この新兵器を持った盗賊や海賊に対応することは不可能。鎮圧するには日本が軍事力を投入するしかないのだ。

作戦は見事に成功した。

海上自衛隊は日本海に配備していたミサイル艇や人員を特地に移動させた。結果、日本海の守りは手薄になったのだ。

これは費用対効果の著しく高い作戦だった。

実際に動いたのは、数十名から百名足らずの工作員でしかない。しかしそれにより目障りな艦艇《かんてい》が二隻も姿を消したのだ。更に武器をばら撒けばもっと多くの艦艇が、もっと多くの人員が最前線から姿を消すに違いあるまい。

作戦の立案者は総参謀部二部から賞賛され、党本部からも高く評価された。

しかもこの作戦は思わぬ副産物をも生じさせていた。単刀直入にいえば、工作員達の懐に莫大な収入をもたらしたのだ。

引き渡した武器の対価として金貨銀貨が続々と集まってくる。まさにぼろ儲けであった。

もちろんこれらは全て党のもの、国のもの、人民のもの。しかしその一部――否、せめて半分、いやいや、出来ることならもう少し多めに——が、苦労をした自分達の取り分となってもよいのではないかと考えたとして誰が責められよう。

元より中国は『上有政策《うえにせいさくあれば》、下有対策《したにたいさくあり》』というお国柄だ。急速な発展の追い風の中で、抜け目ない人間は巨万の富を得て富豪の称号を獲得している。

貧富や格差のない平等な共産主義だったのに、格差が広がる一方のこの状況には凄《すさ》まじい不公平感と嫉妬心が渦巻いているのだ。

誰もが我も我もと豊かになることを祈り、願い、期待する。

この発展の勢いもいつかは停まるだろう。それは自然の摂理で致し方ないことだ。しかし自分が豊かになるまでは保《も》つはず、いや保ってくれと願っている。

そんな中で工作員達の前にその機会が回ってきた。濡れ手で粟《あわ》で儲けられるのに、それをしない理由などどこにある?

いろいろとお目こぼしを貰うための賄賂《わいろ》を上司に贈り、また更にその上の管理者にも贈る必要はあったが、そんなものでは尽きない利益で彼らの懐《ふところ》は潤《うるお》っていったのである。

しかし、異常なはずの状況を、常態化した当たり前のことと考え始めた時、人間は陥《かん》穽《せい》に嵌《は》まる。

彼らはもはやこの立場、この作戦を手放すことが出来なくなっていたのである。

ある日を境に、特地内にある拠点と連絡が取れなくなっていく。

何が起きたのかと様子を見に行けば、地下や船底に設けられたアジトには、鉄が錆《さ》びたような臭いと、肉の腐敗した酸っぱい異臭が充満し、床を見れば死体の山が出来ていた。

たちまち胃液の混じった嘔吐《おうと》の臭いがそこに加わる。

一体、何が起きたのか？　他国の工作員の襲撃か。日本政府か⁉

厳戒態勢が敷かれ、警備体制の強化が求められ、本国からは急遽警備兵が増派《ぞうは》された。

しかしその効果は薄かった。

次々と拠点が失陥《しっかん》していく。

死体は積み重なり、貴重な人材が更に失われていった。

この現象が、特地に実在する亜神とやらの襲撃だと分かったのは、その後しばらくしてからであった。

四局十四処が迷彩組織として乗っ取った『カウカーソス・ギルド』の所属員が、これまで自分達が何と戦ってきたのかを意気揚々と語ってくれた。

それによると相手は、そんじょそこらの敵よりもタチが悪いらしい。何しろ撃っても叩いても切っても死なないのだから。

そして不可思議な力で彼らの居場所を暴いて襲ってくるのだ。

連絡の取れなくなる拠点は日増しに増えていった。

しかも折悪《おりあ》しくアトランティア政府の方針転換によって、ギルドの人材や資材が接収されてしまった。

一時はアトランティアとその女王《ハーラム》に影響力を持つまでになったのに、その権威も失われ、関わっていた人材が行方不明になってしまったのだ。

結果として彼ら四局十四処のアジトは壊滅状態となった。

さすがに分かった。理解した。自分達の活動が原因なのだと。

特地にない技術や知識、武器の製造方法をばら撒いていること……それがこの世界におわす神々の逆鱗《げきりん》に触れたのだ。

しかしそれを理解してもなお、この作戦を止めようとは誰も言わなかった。

代わりに彼らが口にしたのは次のような怨嗟《えんさ》だ。

「どうして自分達だけがこんな目に遭う？　もっと他に罰せられるべき人間は大勢いるだろうに！」

自分達に原因があるなら、原因となる行為をやめればいい。

しかし誰もそうは言わなかった。多分、きっと、無意識に考えないようにしていたのだろう。

そのことに気付いてしまったら、巨万の富を約束するそれを手放さなければならないからである。

そう、これこそが『正常化バイアス』と呼ばれる心の仕組みなのだ。


「イシハラ、水と食料の買い出しに行ってこい！」

ウルースに置かれた秘密拠点——といっても古ぼけた木造船でしかないが——で書類を読んでいた石原莞吾は、陳音繰上尉《チェン・オンソウシャンウェイ》からお買い物メモと金・銀・銅貨のずっしり詰まった革袋を投げられると、素早く中身を確認しながらＯＫと応じた。

石原がここにいるのは、まさにそういった雑用を引き受けるためだからだ。

「ちょっと待て。お前、今何を読んでいた？」

陳音繰上尉は、石原が机に投げ捨てた書類を見るなり言った。

「報告書だよ。学者さんの書いた、こっちの世界の植物とか海藻とか動物とかの調査報告だな。それとこっちは……資源の分布状況の書類。他には……えっと、いろいろだ」

「なんでお前が機密指定の書類に目を通してる⁉」

「だってしょうがねえじゃねえか。俺が一番こっちの言葉に詳しいんだから。学者さん

達が作った書類を訳してるのも俺なんだぜ。こっちの文書の翻訳部分が間違ってないか確認してくれって言われたらするしかないだろう？　それに、この書類はまだ機密指定されてないし」

「機密指定される予定だ。現地採用の補助員たるお前に触れる権限はない」

「それは正式に提出してからの話だろ？　提出前なんだから問題なしだな」

「くそっ、ああ言えばこう言う。口先ばっかり達者な輩《やから》がいい気になるな！」

「口先ばっかりって言ったって、それこそが俺の役割じゃん？」

石原は威張《いば》るように胸を張る。

そう面と向かって言われると返す言葉もない。陳は肩を落とし深々と溜息を吐《つ》いた。

「上尉。そう力を落としなさんな。人間、ストレス溜め込むといいことないよ」

「ストレスの張本人がそれを言うのか？」

「言うな言うな。皆まで言うな。あんたの苦労はみんな分かってるから」

どうして人民解放軍は、こんな男を下働きに使わなくてはならないのか。

それは、特地には日本人が多いため、たとえ専門教育を受けた優秀な工作員といえども、その存在がバレてしまう可能性が高かったからだ。

これは特地だけの話ではない。人民解放軍総参謀部二部・戦略工作部は、対日秘密工作をする際、同郷人に対する仲間意識を持たない日本人を探してきて雇い入れることが多い。

実際、日本には日本人として生まれながらも「日本が嫌い」「日本人が嫌い」と公言して憚《はばか》らない人間が一定数いるため、そうした人材の獲得に苦労することはないのだ。

ちなみに石原の場合は、日本を嫌っている訳ではない。

好き嫌いは、出自云々ではなく、会った時の印象で決める人間なのだ。

会ったこともない人間は好きでも嫌いでもない。故に中国や中国人も、そうという理由だけで好く訳でも嫌う訳でもないのだ。

「ところで上尉、この買い物俺だけで行けってのの？　水の樽《たる》八個なんて一人じゃ運べねえよ？」

そんな石原は、彼らのリクルートに応じた。

特地語が堪能《たんのう》だった彼は、まずアルヌスでの拠点開設に携《たずさ》わることを求められた。

そこで信用できるかをある程度試された上で、このアトランティア・ウルースでの拠点開設と運営に従事するようになったのである。

「黎紫萱《レイ・ズシエン》二級軍士長、部下を何人か連れて付き添ってやれ！」

「私にあの馬鹿と出かけろとおっしゃるのですか？」

石原に付き添えと上官から指示された女軍人の黎紫萱は、抗議の声を上げる。

丸眼鏡のそばかす顔をいきり立たせて抗議する様子を見ると、石原のことを快く思ってないことは明らかだった。

黎二級軍士長――中国軍の階級制度に詳しくない石原は、『軍曹』くらいに相当するのだろうなと理解していた。陳の『上尉』という階級は、『大尉』くらいだろうか。

「あの日本狗《リーベンガウ》をうまく使うのがお前の仕事だ」

陳はこの拠点のリーダー。

本来ならば拠点のトップにはもっと位《くらい》の高い軍人が就くものだ。実際、これまでは少佐とか中佐といった階級の者が担当していた。しかし度重なる亜神の襲撃によって人員が減って、今では陳がこの世界に残る工作員の最上位者だったのだ。

「私の任務はこの拠点の警備と部下の指揮ですっ！」

「なら、命令を言い換えよう。石原《シィエン》とともに、買い物に偽装して周辺の警戒パトロールをしてこい！」

この拠点には、黎以外にも下士官級の兵士達が数名、警備要員として所属している。

それ以外はほとんどが技術者か学者だ。

技術者はもっぱら武器を製作したり製造方法を手引き書にまとめている。

一方学者は、この地に埋蔵されている資源や動植物の資料を収集する。

彼らも小遣いが欲しいから、暇を見てはこちらの技術環境でも作れそうな爆発物や化学薬品の製造法をまとめているが、本来は資料集めがメインの仕事だった。

「ちょっと来てください」

黎は陳の手を取ると、奥まったところにある台所へと引っ張っていった。

黎は周囲に誰もいないことを確認して告げた。

「あの男は、私の胸をじろじろと見るのです。それればかりか手をワキワキとさせて、隙あらば襲いかかってきそうな怪しい気配を全身から発しています。陳上尉はそれにお気付きにならないのですか？」

黎はよっぽど石原と一緒に行動したくないらしい。

「これだけ魅力的な胸だ。男なら誰だって触りたがる。触りたいという奴には触らせてやればいいじゃないか？」

陳は無造作に手を伸ばすと、黎の豊満な胸を揉みしだいた。

「実際、俺にはこうして触ることを許しているだろう？」

「わ、私は貴方以外、触れられるのも見られるのも嫌なんです。貴方は私があの男に身体を触れさせても平気なんですか？」

「そういった私情は捨てろ。必要となれば手段を選ばず行うんだ。俺に可愛がってもらいたければ、まずは任務を果たせ。分かったな、黎？」

ゴム鞠《まり》のような弾力に満ちたそれは、陳の指を強く押し返し、指の間から溢れそうになっている。その感触を堪能した陳は、尖端部の硬結《こうけつ》を指で弾《はじ》くように刺激した。

「りょ、了解。同志」

黎はびくっと身を捩《よじ》らせる。そして自分の好意を弄《もてあそ》ぶだけの陳に対し、恨めしそうな目を向けたのであった。

「くそ、どうして私がこんな奴と買い物に出かけねばならんのだ？」

石原莞吾は、黎紫萱二級軍士長と数人の兵士とともに拠点を出ると、ウルースで食料品などを取り扱う船へ向かった。

「そういう愚痴《ぐち》は聞こえないように零《こぼ》してくれよ、黎。俺のデリケートな心がずたずたに傷付いたらどうしてくれる？」

「ふん、ヤスリをかけても傷付かんほど面《つら》の皮が分厚いくせに」

「そういうあんたはどうなんだ？　上尉に弄ばれてるの、分かってるくせに健気《けなげ》じゃん。

心臓に毛でも生えてそうだ」

「言うな！　私だって自分がどう扱われているかぐらい分かっている。でも仕方ないだろう。それでも彼が好きなんだから！　大体、私が上尉にいじめられるのはお前のせいなんだぞ！　彼が私に当たるのは、大抵はお前が上尉をからかったりしたあとなんだ！」

狭い秘密拠点の中では、誰もがストレスを溜め込みやすい。

臨界点を超えた誰かが誰かに当たり散らす。当たられた誰かは、そのストレスを更にまた別の誰かにぶつけて解消しようとする。

まるで『ストレスの玉突き』とでも表現したほうが良さそうな状況が出来ているのだ。

「だとしたら俺に感謝するべきだよな、黎」

だが、一人だけストレスとは無縁そうな石原は嘯《うそぶ》いた。

「なんだと？」

「上尉からいじめられても、お前さんが嫌がってるようには見えないからさ」

「……」

「上尉からいじめられるのが大好きなんだろう？　きっと今夜もストレスを溜め込んだ陳の奴が、お前の部屋を訪ねていくんだ。そしてお前自身も、奴を喜んで迎え入れるんだ」

「し、知ってるのか!?」

「バレてないと思ってるのか？　上尉と黎の関係を知ってる奴、挙手！」

石原の呼びかけに応じて、後ろにいた四人の兵士達が揃って手を挙げた。

みんな楽しそうに笑っている。黎はお前ら仲いいなとつい突っ込みたくなった。

「なんてことだ。隊内の規律が……」

黎は頭を抱えた。

「今更言うかねえ、風紀を乱している張本人が。大体、船の個室の壁って薄いんだぜ。あれもこれもみーんな丸聞こえ。先週の夜も壮絶なハードコア・アダルト動画の音声だけを聞かされてる気分だったぜ」

「い、言うな！　喋るな！　口を噤《つぐ》め！　今後この話題を口にした奴は、殺してやるからな！」

黎は真っ赤を超えていささか黒みがかった顔を俯《うつむ》かせながら、石原達を脅《おど》したのだった。

ウルースでは船と船が鎖で繋がれ、相互に行き来できるよう渡橋《わたりばし》が据えられている。

海の民達はこれを渡って隣の船へ、更に隣の船群へと渡って、様々な品を商う店《船》へと赴くのである。

石原達は、まず水商人の船へと赴いた。

「いつもみたいに水を頼むよ」

ウルースの周囲は海水で満ち溢れている。しかし塩水は飲料に適さない。そのため真水を陸から汲んでくるか、雨水を溜めるかしなければならない。

海水を蒸留して真水にする方法もあるが、貴重な燃料を使うので非常に高価になってしまうのだ。

「いらっしゃい。どの水になさいますか?」

店――要するに船だが――の船倉には大小様々な樽が並んでいる。

石原の目には、それらが造り酒屋やワイナリーにある樽に似て見えた。

水が商品になるという場所柄もあるのだろう、それぞれ一級、二級、普通などの等級が付き、しかも産地別に分類されて非常に高価な値札を付けた水まであった。

特に高いのは、大陸奥地にある氷雪山脈の雪解け水、あるいは極地の氷を溶かした水だ。その中には信じられないことに、一オンス(約三十ミリリットル)銀貨一枚(約八千円)という馬鹿高いものまであった。

「普通等級の真水を樽で八個くれ」

その時、黎が囁《ささや》いた。

「イシハラ。最近、飲み水に塩気を感じるんだが？」

石原は黎の囁きに頷く。そして商人に警告を発した。

「おい、店主。最近、真水に海水を混ぜて嵩増《かさま》ししたりしてないか？」

更に睨むように立っている黎を指差しながら、念入りに続けた。

「そういう馬鹿な真似をしていると、この姐《ねえ》ちゃんが店にやってきて暴れるかもしれないぞ。その結果、痛い目に遭うだけならいいが、下手をすると誰かが――主にあんただと思うんだが――海に浮かぶことになる。ぷかぷかーってな。俺としてはそういう結果は避けたいんだ。顔なじみの水商人がこの世からいなくなるのは寂しいからな。そういう俺の気持ち、分かってくれるだろ？」

「え、ええ。分かります」

黎の冷たい眼光を浴びて水商人は身を震わせた。

「本当だよな？　信じてもいいんだよな？」

「も、もちろんですとも」

「なら結構だ。飲み水と呼ぶに相応《ふさわ》しい商品を出してくれ。そうすれば、お互いに平和でいられる。みんな幸せで丸く収まる。あんたも、あんたの家族も安全でいられる。俺が何を言いたいか分かるよな？」

店主は表情を強張らせながら頷くと、慌てて樽を用意しに引っ込んでいった。

石原の後ろを、真水の詰まった樽を両肩に載せた兵士達が続く。

「よくやった、イシハラ。褒めてやるぞ」

黎がとりあえずという感じで褒めてきた。

石原を上手く使えという陳の指示に従い、成果を出してみせたつもりなのだろう。

「ガキの使い走りじゃないんだ。買い物が上手に出来た程度で褒めるなよ、まったく。そんなことで俺が喜ぶとでも思ってるのか？　本気で俺を喜ばせたかったら——その乳を揉ませろ！」

すると黎は刺すような視線を石原に浴びせた。

おかげで彼の差し出しかけた両手は、中空で停まってしまう。代わりに黎の手が石原の胸元に向かって伸びてきて襟首《えりくび》を掴んで捻《ひね》り上げた。

「調子に乗るな日本人！　褒められた程度で喜んでおくんだ。そうすれば怪我もしないし痛い思いもしないで済む」

「暴力はんた〜い！　大体、黎は陳の奴に触らせてやれと言われてたろう？　お前、上官の命令を無視するのか？」

「上尉が私におっしゃったのは、手段を選ぶなってことだ！　つまり貴様に言うことを聞かせるためなら、胸以外に拳《こぶし》を使っても脚を使ってもいいってことだ！」

「えっと次は、肉と野菜、塩に、香辛料か……」

すると石原はお買い物メモに目を走らせながら背を向けた。そして黎をその場に放置してさっさと歩き出したのである。

「え、ええ!?　ちょっと待て、イシハラ！」

黎の手には石原の着ていたシャツだけが残っていた。

シャツや上着を、すり抜けるように脱いでしまうのは石原の得意技だ。

「何してる、黎。ぼやぼやしていると置いていくぞ」

今までのやりとりは何だったんだと言いたくなるほどの豹変に戸惑いすら覚える。要するに、黎はおちょくられているのだ。

付き従っている兵士達もこみ上げる笑いを堪《こら》えていた。

「くそっ、貴様って奴は、愚蠢《イーチェン》！　笨蛋《フェンタン》！　混蛋《フンタン》！　坏蛋《ファイタン》！　日本鬼子《リーベンクイズ》！　……○×、■△！　☆◇●※！」

黎は思いつく限りの中国語罵倒表現を、片っ端から並べ立てた。

差別用語、侮蔑《ぶべつ》用語、日本語には該当する単語どころか概念すら存在しないようなありとあらゆる悪口だ。

周りにいるアトランティアの住民達にはもちろん意味は分からない。ただ、激高していることだけは伝わっているようで、一体何だろうかと皆が振り返っていた。

「はっはー、何を言ってるのかさっぱり分かりませーん」

しかし石原と部下達がどんどん先に行ってしまうため、黎一人だけが注目を浴びることになる。そのため悪口すら最後まで続けられなかったのである。

そもそも石原とはどういう男なのだろうか。

名前は石原莞吾。三十一歳。東京都出身。

生粋の日本人で、かの有名な石原莞爾《かんじ》（帝国陸軍中将。柳条湖《りゅうじょうこ》事件と満州事変を起こした参謀）の子孫を自称しているが、もちろん嘘だ。

彼は、対外諜報活動という危険な匂いのするダークな仕事にある種の憧れを抱いていた。要するに、テレビや映画によく出てくるタイプのスパイになりたかったのだ。

仕《つか》える国は別に中国である必要はない。スパイとして雇ってくれる国があったらどの国でもよかった。

「もし先にＣＩＡと接触できていたらアメリカ合衆国のために働いていただろうし、もしＣＢＰと接触していたらロシアのために働いていただろうし、ＭＩ６だったら女王陛下のために働いていただろうよ。日本に対外諜報活動をしている機関があったら、もちろん日本のために働いていたさ。あ、外務省の情報官ってのはなしね。俺的にはあれ、スパイじゃないから。国際テロ情報収集ユニットは出来て日が浅いから様子見かな？」

彼にとって忠誠心とは、給料と興味深い仕事をくれる相手に対して感じるものであり、何の見返りもない愛国心なんてものはまったく理解できないのだ。

中華人民共和国の代理人と接触して、特地で拠点構築の手伝いをすることになった時、石原は年甲斐もなくわくわくどきどきして眠れないほど興奮した。

「これから自分は日本の外事警察や自衛隊の情報機関と渡り合うのだと思って、彼らをどう出し抜くかを真剣に考えていたほどだぜ」

ところが実際に彼に求められる役回りはお買い物係であった。

あるいは現地人との交渉役だった。

商人相手に値引きを求め、配慮を要求し、時には脅しつけて彼らの義務にはないことを強要する。

そうした役目もまた工作員達が活躍するためには必要だろう。

それが理解できるから不平不満は胸に秘めて仕事に従事している。しかし内心ではすごくがっかりもしていた。

というのも彼が苦心惨憺《くしんさんたん》してこの特地で作り上げた拠点に集まったのは、彼の理想を思い描いたような工作員ではなかったからである。

秘密工作員というのは、語学に堪能で、潜入する土地の言葉にもすぐに慣れるのが常識だ。

といっても、そんな常識はテレビや映画で描かれ形成されたものでしかない。

一人で百人の敵と渡り合える特殊部隊員超人伝説と同じく、印象操作によって作り上げられた虚像なのである。

しかしながら石原はその虚妄《きょもう》を信じていた。

このアジトにやってくるのも、そうした超人的な連中だろうと期待していたのである。

そして彼らがやってきたら、石原が特地の文化や言葉をレクチャーする。

注意事項を説明し、当面は石原が彼らの活動を先導、あるいはサポートする。

そんな日々の中で、石原は秘密工作活動のコツやテクニックを見習い、盗み取るのである。

自身の抜け目のなさ、有能なところをアピールしていれば、必然的に彼らの仕事を手伝うようになっていくだろう。

きっと充実感溢れる日々が到来するに違いないだろうと思っていた。

「ところがだぜ、実際にやってきたのは、本当に工作員？　と尋ねたくなるほどイメージの異なる連中ばかりだったんだよ。ホントがっかり。もちろん見た目と実質がイコールじゃないのはこの世界じゃ当然のことだろ？　だから俺もこれこそが本職のあるべき姿で、一目でそれと分かるような奴はいないってことだなって気を取り直したんだ」

石原はこの世界で活動するのに必要なことを彼らに説明していった。

しかし工作員達はそれらには興味がないと言った。

特地の生活に進んで馴染もうとせず、言葉すら覚えようとしない。引きこもりのごとく拠点に籠もって己の業務に専念しているのだ。

石原に求められたのは現地に馴染む方法ではなく、観光ガイドのような道案内。土産物、生活品の購入方法、あるいは女の買い方の説明、時には値引き交渉の肩代わりであった。

「あんたら、本当に工作員？」

「もちろん工作員だ」

一体どういうことなのかと思って陳に問えば、その多くが学者か技術者であるという答えが返ってきた。

「工作員ってそっちの工作かよ……ひでえ間違いだ」

彼らが工作員であるのは間違いではない。しかし彼らはひたすらアジト船に籠もって、火薬の製造方法の解説書を作ったり、木材や鉄材で武器や道具を作ったりしていた。つまり、この世界には存在しない道具の製作活動のためにやってきた。その意味での工作員だったのだ。

当然、彼らをサポートする者が必要だ。だからこそ石原が雇われたのだ。

陳上尉は石原を慰めるように肩を叩いた。

「そうがっかりするな。そもそもこっちの言葉がすぐに使えるようになった連中は、ギルドに潜入しているんだよ。お前が想像しているような能力を持つ奴らだっている。けど、そういう優秀なのは、そもそもこんな拠点なんぞに居つくこともなく、一人静かに潜伏するもんなんだ。だから滅多に会えないのさ」

「ほんとかねえ」

この頃には石原にも多少現実が見えるようになっていたため、陳上尉の言葉もかなり怪しく感じられた。しかしその言葉に悪意はないようだから騙されてやることにした。

自分は今でこそ不遇な境遇に置かれているが、待っていればいずれ優秀な連中とともに血湧き肉躍るようなスパイ活動に携われるはずだ、と思い直したのだ。

それまでは、ひたすら我慢である。しかし、この拠点にいる限り、その時は来ないだろうなあとも気付いていた。

石原に見える範囲では、正規の訓練を受けた工作員は陳上尉しかいなかったからだ。

彼は軍人で、しかも特殊部隊出身らしい。

日本語も堪能で、特地の言葉もすぐに覚えていた。それだけに敬意を表すことに何の躊躇《ためら》いもないのだが、彼の部下達となるとからっきし駄目であった。

秘密工作活動はバイオレンスとも無縁ではないから、もちろん荒事もこなす。しかし彼らはただの兵士だった。刺々《とげとげ》しく禍々《まがまが》しい部分を隠すということを知らない、ただの暴力馬鹿達なのだ。

聞けば、香港デモに地元警察の制服を着て赴いたことがあるとか。

犯罪人容疑者引き渡しに関する条例改正反対の抗議活動をする市民相手に、容赦なくビーンバッグ弾を放ち、倒れた者は取り囲んで警棒で乱打し、催涙《さいるい》ガスを噴射する。そういう活動に従事していたという。

黎なんかはその代表格みたいな女だったので、思わずげんなりした。

陳に習ったのか、特地の言葉を片言でも操れるようになったことは評価できるが、それとて一目惚れした陳の気を惹くために努力しただけだ。

「まるでヤクザの情婦だな」

映画なんかでは、こういうキャラはやられ役かお色気要員だ。

その手のAVだったら、敵に捕らわれて延々と拷問を受ける役回りだ。

「貴様、何をジロジロと私の身体を見てるんだ？」

そんなことを思い巡らしていたら、無意識に彼女の肢体《したい》に目を向けていた。

これだけは全世界の男が認めるだろうと思われる形のよい乳房。衣服の下に隠しても隠しきれないその隆起に見入ってしまっていたらしい。

これでもう少し顔が良かったらなあ……と、いささか残念に思う気持ちをポロリと口にしてしまう。

「き、貴様！」

おかげで石原は、黎の憎々しげな視線と罵倒を再び浴びることになったのである。

石原達は買い物を終えてアジトに戻った。

だが帰ってみると、アジト船——それほど大きくはないが、それでも全長二十五メートルくらいはある木造船――が傾いていた。

何があったのか、船体が破損して後部甲板《かんぱん》が既に海面下に沈んでいたのである。

未だに沈没していないのは、前後左右の船と鎖で繋がれているからに他ならない。

周囲の船の甲板には、何があったのかと様子を見に来る野次馬が集まっていた。

「なっ⁉」

黎達は荷物を放り出すと、野次馬をかき分けて駆け寄った。

少し遅れて石原もその後を追った。

傾いて後ろ半分が波に洗われている甲板に飛び移り、梯子段《はしごだん》を下り薄暗い船内へと入る。

するとそこに見えたのは、累々《るいるい》と横たわる死体だった。噎《む》せ返《かえ》るほどに充満した、錆びた鉄の臭い。血だ。それは血液の臭いだった。

「陳上尉！」

黎が叫ぶ。すると死体の山から声がした。

「れ、黎……来るな！　止まれ！」

思わず駆け寄ろうとする。しかし陳の警告に無意識に従って立ち止まったのが幸いした。黎の鼻先を掠めるように、何かが空《くう》を切ったのだ。

黎はようやく気が付いた。暗い船倉の中に屹立《きつりつ》する、黒い人影に。

「だ、誰だ、貴様？」

暗さに目が慣れてくるとその姿も見えてくる。

それはフリルたっぷりの黒ゴス衣装に身を包んだ少女だった。

その小さな身体でどうやって持ち運んだのかと心配になるほどの巨大なハルバートを手にしている。

真っ黒な唇《くちびる》が艶《なま》めかしく蠢《うごめ》いて言葉を発した。

「わたしぃはロウリィ・マーキュリー。暗黒の神エムロイの使徒にしてぇ、陞神《しょうしん》後は愛を統《す》べる神となる存在よぉ」

薄闇の中で爛々《らんらん》と輝く瞳を見た瞬間、思わず石原は口走った。

「嘘だろ？　あんたみたいな愛の神がいるもんか!!　そんな禍々《まがまが》しい気配を発してるんだ、暗黒の神のなんちゃらってのは納得できる。だがな、その凹凸に欠けたスタイルで、愛の神だなんて言われたって理解できねえんだよ！」

「何ですってぇ？」

「ちったあ、ギリシャの愛の女神像を見習えっての！　アフロディーテ像なんかボンッキュッボンのすげえいい女で……あっ」

「……」

背筋が凍り付くほどに冷たい視線を浴びた瞬間、石原は悟った。どうやら自分は死刑執行の命令書に自らサインしてしまったらしい。

次の瞬間、黎配下の兵士達が少女に向かって飛び出した。船倉に満ち溢れていく殺気に、耐えられなくなってしまったのだ。

「撃て撃て撃て！」

「待て、お前達……」

黎が止める間もなかった。四人とも拳銃を構えたと思ったら、それぞれ三発の弾丸を自称愛の神に向けて放っていた。

都合十二発の弾丸がロゥリィに襲いかかる。

しかし分厚い鉄の塊《かたまり》がそれを阻《はば》んだ。ハルバートだ。

小柄な体躯に一体どれほどの臂力《ひりょく》を有しているのか、少女は巨大な鉄斧をひょいと引き起こし、その側面を盾にして弾丸を払いのけたのである。

甲高い音とともに跳弾が船体に食い込む。

「くっ」

兵士達は続けて銃弾を放つ。しかし次の三連射は空を切った。

既にそこに少女の姿はなかったのだ。

「ぐはっ！」

声のした方向を見れば、黎の部下の一人が縦二つに切り裂かれている。噴出する血液を煙幕とした少女がすぐさま次の兵士に肉迫する。

慌てた兵士は拳銃を乱射するが、射線を掻《か》い潜《くぐ》った少女が横殴りに振った戦斧によってあえなく腰斬《ようざん》されてしまった。

「ひい！」

ハルバートのピックが三人目の犠牲者の胸部を貫いた。

「さ、下がれ！」

この狭い場所での近接戦は敵にとって不利。長大なハルバートをこんなところで振り回せるはずがない。

どうせ梁《はり》や船体にぶつかって動きが止まるはずだ、と高《たか》を括《くく》ったのが失敗だった。

あの黒い悪魔は、斧槍《ふそう》が梁にぶつかればそのままへし折り、船体に食い込めばそのまま引き裂いてぶん回してくるのだ。

それを悟った黎は、一人残った部下に後退を指示する。

「黎同志こそ下がっていてください」

しかし兵士は手榴弾のピンを抜きながら叫んだ。そしてそれを抱えたまま、自称愛の神に向かって突き進んでいった。

「馬鹿！」

止める間もなかった。

このままでは爆発に巻き込まれてしまうと、石原が黎の腕を握って梯子段を駆け上る。するると手榴弾は数秒後に炸裂した。

「や、やったのか……」

外で爆風をやり過ごした石原と黎は、再び船倉を覗き込んだ。

しかしニヤリと嗤《わら》う死神がそこにいた。兵士の勇敢な自爆特攻もこの相手にはまったく通用しなかったのだ。

「く……」

黎が銃を向けようとする。しかし石原が背後から止めた。

「待て待て、そんなもの通用する相手かよ！」

「だが、私は戦わねば、部下達に……」

「馬鹿、部下達のことを思えばこそ、ここは逃げの一手だろ！　奴らの犠牲を無駄にするな！」

相手が悪いと石原は説得する。戦えば必ず負けると。

「奴らが無駄死にだと⁉」

「お前が死ねば無駄死にだ！」

その時だった。二人のいた甲板が床下から炸裂する。

直下からハルバートを一閃させたロゥリィの一撃が、アジト船の甲板を引き裂いたのだ。その衝撃と破片が余すところなく石原の身体を直撃する。

「ぐはっ」

二転、三転、床を弾《はず》んでごろごろと転がり倒れた。

「い、イシハラ」

咄嗟に突き飛ばされたのが幸いしたのか、黎はダメージから逃れられた。彼女は吹っ飛ばされた石原に駆け寄る。

そうしている間にも船倉から死神ロゥリィが姿を現す。

黎が銃を構えようとするも、石原は再び銃口を下ろさせた。

「待て、黎、銃をしまえ」

「イシハラ、何故だ？」

「こうなったら俺に任せろ。この相手は、こっちから挑んでいかない限り何もしてこないはずなんだ」

「なんだと、どうして分かる？」

「俺に言わせりゃ、分からねぇほうがどうかしてるぜ」

石原は黎に武器を置かせると、何とか脚に力を入れヨロヨロと立ち上がる。そしてロウリィと向かい合うように前に出た。

「お前ぇ、いい度胸しているわねぇ」

「ほんと、俺もそう思うぜぇ」

「覚悟は出来てる訳ねぇ」

その時だった。石原は身を投じるようにして甲板に伏せた。

「な、なによぉ？」

さすがの死神も、虚《きょ》を衝《つ》かれたように目を瞬《またた》かせた。

「これは土下寝《どげね》……いや、五体投地《ごたいとうち》といって俺の世界で最上級の礼拝、いな、謝罪の姿勢です！　申し訳ありませんでした、神様っ！　失言、いえ、暴言ご容赦ください！」

「お前、何がわたしぃを怒らせたか分かってるのねぇ？」

「もちろんです！　貴女が愛の神だなんて納得できないなどと口にして、本当に、本当に申し訳ありませんでした！　ごめんなさい。もう言いません。思いもしません。貴女は最高の愛の神です！　スタイルだって凹凸に欠けてなんかいません！　小柄なのでそう見えるだけで、実際は結構メリハリあると思います。も、もちろん余所の女神なんかと比較すべきではありませんが！」

「そ、そうよぉ。他のことは許せてもぉ、それだけは許せない侮辱《ぶじょく》だったのよぉ」

ロウリィは握り拳&涙目で唸《うな》った。

「はい。おっしゃる通り俺は最低の野郎です。しかし、しかし、しかし、間違いを犯すのが人間。どうぞ命だけはご勘弁を。やり直しの機会をお与えください。どんな罰も受けますから、助けてっ、神様、仏様、女神様っ！」

「ふーん」

ロウリィは鼻を鳴らすと、伏せる石原に悠然たる態度で歩み寄る。そして男を見下ろした。

「ちゃんと分かってる上での謝罪みたいだからぁ、勘弁してあげてもいいわよぉ」

「か、勘弁していただけるので？」

「ただしぃ、一発、ぶん殴らせなさぁい。そうしたらおあいこってことにしてあげるぅ」

「お、おあいこですか？」

「そうよぉ。言葉の暴力ってぇ、時として刃物よりも相手の心を深く傷付けるんですからねぇ」

拗《す》ねたような声を出しつつ、ロゥリィはハルバートを伏せた。

石原もロゥリィの裁定に納得したのか、神の鉄槌を受け止めるべく、土下寝姿から身体を起こし、背筋を伸ばして正座へと変えた。

「い、いつでもどうぞ」

すると黒い少女は右手を振り上げた。

子供のような小さな手だ。きっと平手で来るんだろうなと思った石原は、歯を食いしばって目を閉じ、身体に力を込めた。

しかしそれは甘かった。直後に来たのは、小さな子供の平手打ちなんかではなく、鉄拳から繰り出される暴力的な衝撃だったのだ。

頬はひしゃげ、顎の骨あたりから何かが砕ける音がした。

あえて擬音で表現すると、グチャ、メキョ、ガキッ、ゴキッ、ボキリ、メリメリ、ミシミシ、プチプチッといった感じだろうか。

奥歯は数本吹っ飛び、それでも衝撃を吸収しきれず、首が捻《ねじ》れ、骨が悲鳴を上げる。筋肉と骨とを繋ぐ腱繊維は千切れていった。

更に運動エネルギーを全身で受け止めた彼の身体は、力のモーメントを表現する捻れ運動を伴いつつ宙に舞った。

石原は思った。

(あ、ヤバい。俺死ぬ。マジ死ぬかも、あ、死んだ)

そしてそのまま飛翔、船の縁《へり》を越えて海に落ちていった。

「い、イシハラ!」

黎は思わず舷側《げんそく》に駆け寄って石原の行方を確認した。すると水柱が上がった後の波間に、すうっと男の身体が浮かんできた。

「イシハラ!」

黎の背後で、パンパンと手を叩《はた》く音がする。

その音に、黎はびくっと怯えて振り返った。

死神ロウリィは、黒いフリルたっぷりの衣装を叩いて付着した塵《ちり》や埃《ほこり》を払っていた。

そして黎のことを一瞥《いちべつ》する。

冷たい、感情のない瞳だった。殺されると思った。確信した。逃げなければならないと分かっているのに、凍り付いたように身動《みじろ》ぎ一つ出来ないでいた。

だが、何も起きない。

愛の神を自称した少女は、もう関心を失ったかのごとくハルバートを抱え直すと隣の船に飛び移り、また更に向こうの船へと跳んでいったのである。

「えっ……」

ようやく黎は気付いた。

あの亜神は自分なんぞまったく相手にしていなかったのだ。先ほどの瞳の冷たさは、殺す必要すら感じてない路傍《ろぼう》の石ころを見る目であった。

ならばなぜ、黎の部下達は殺されたのか。

「くっ……何てことだ。何てことだ……」

彼らが殺されたのは、武器を手に挑んでいったからに他ならない。

あの悪魔が殺しに来たのは、この世界に無用な知識をばら撒く学者や技術者であり、黎達ではなかった。石原が言うように、何もしなければ彼らが殺されることはなかったのだ。

「ぶくぶくぶく……」

そうこうしているうちに背後から異音が聞こえてくる。

振り返ると、石原の身体が海面下に沈んでいこうとしていた。

黎としてもさすがに無視は出来ず、海に飛び込んで引き上げてやることにしたのである。

黎は、ボロボロになった石原の身体を甲板に上げた。

半分ほど海面に沈んだ船の甲板は、なだらかな斜面になっていたので、溺《おぼ》れた人間を拾い上げるのには非常に具合がよく、黎一人の力でも十分だった。

そうして傾いた甲板に石原を転がし終えると、黎は再びアジト船の船倉へと向かう。

破壊された甲板開口部から慎重に梯子段を下りていった。

「陳上尉……」

横たわる無数の死体の中から、敬愛する上官を見つけると揺すり起こした。

すると陳も薄れ行く意識の中で黎に気付いたのか、最後の気力を振り絞った声を上げた。

「れ、黎か……」

「陳上尉、しっかりしてください。二人で国に帰りましょう」

「いや、すまんが、俺はここまでのようだ……」

「そんなこと言わずに。しっかりしてください。傷も浅いです」

「気休めを言うな……自分のことくらい分かっている」

「陳上尉に逝《い》かれてしまったら、私はどうしたらいいんですか？」

黎は言いながら、陳の手を自分の下腹部に当てさせた。

「……まさか。本当か？」

黎のその部分には新たな命が宿っている。その意味を悟った陳は瞑目《めいもく》した。

「本当です」

すると陳は笑いながら、黎の胸に掌を押し当てた。

「お前には任務がある。人民解放軍の軍人として……最後まで任務を……果た……すんだ」

「貴方は酷い男だ」

「言われずとも……分かってる。そういう言い方しか……出来ないんだ」

「くっ……了解しました」

事切れた上官の骸《むくろ》を、黎はその場に横たわらせた。

そして最期の敬礼を送ると、アジト船内部に火を放つ。

仲間の骸や活動の証拠をそのまま残して誰かの手に委ねてしまうことだけは出来なかったからである。

アジト船が燃え上がると、前後左右の船が鎖を切り離した。それまで辛《かろ》うじて浮かんでいた船は再び沈んでいった。

黎は石原とともにアジト船が波間に没するのを最後まで見送った。そして全てが沈んでしまうと口を開いた。

「イシハラ、我々は撤収するぞ。中央もここまで被害を受けてしまったら、任務の継続は困難だと判断するはずだ。出直すしかない」

陳は任務を続けろと言った。とはいえ冷静に考えれば、工作活動を黎一人で続けるのは無理だということは誰にだって分かる。彼女は専門教育も受けていないただの軍人なのだから。ならば陳の言い残した任務とは後始末をしてここを去ること。事の次第を上級指揮官に報告して任務は完了するだろう。

「……う、うう、おりゃもうる」

だが石原は何かを話そうとして顔を引きつらせた。

頬や顎が痛いのだろう。声は辛うじて出せても言葉になっていない。

「仕方ないだろう？　私一人でどうしろと言うんだ。武器もない。人手もない。ないない尽くしで達成できるような任務ではないんだぞ」

すると石原は顎の痛みを堪えて必死に言葉を紡《つむ》いだ。

「らから、おりゃも……いる」

黎は石原が「だから、俺もいる」と言っているのだと気付いた。

「お前がいたところで焼け石に水だ。一人が二人になったって大差はないぞ」

「れ、黎……俺のしらは……まだ、あるか？」

「は？　しら？　もしかして舌のことを言ってるのか？」

こうして会話できているのだから舌はあるに決まっている。黎は、何を言ってるんだこの男は、というような目で石原を見た。

「し……舌は、ある、か？」

「もちろんまだ付いてる。でなきゃ喋れるか、馬鹿」

「ならら……らいじょうぶだ。俺にはしらが……ありさえすれば……十分だ」

石原は言い切る。

「何を馬鹿なことを……」

黎には石原を信じることが出来なかった。それどころか、こんなボロボロな姿になってしまって今更何が出来るのかと詰《なじ》りたい気持ちのほうが強かったのである。

＊　＊

日本の地方自治における行政区画は都道府県である。

いや、「あった」と過去形で言うべきか。特地のアルヌスとその周辺を帝国から割譲《かつじょう》されてアルヌス州が出来た、つまり州が加わったためだ。

選挙が行われて州知事が決まり、州庁舎も作られた。更に、日本全国の自治体から人材支援を受け、アルヌス州は地方自治体として曲がりなりにも機能し始めていた。

今や州内には様々な機関、施設が作られている。

道路、水道、下水道、ゴミ焼却施設。

警察、消防署なども作られた。

民間企業も資本を投じ、銀行や郵便局、電力やガスのインフラ設備も整備されつつある。

しかし先住民の文化や生活スタイルを破壊しない配慮を求める条約が定められた結果、便利だからという理由であれもこれも作ることは出来なかった。

その最たるものが、学校かもしれない。

特地ではどんな内容をどのようにして教育するか。これまであった知識を体系化しつつ、教育制度のすり合わせ作業から進めなければならないのだ。

一方、整備に誰も文句を言わなかったのが医療施設だ。そのためアルヌス州立病院は何よりも優先して建設された。

この日、その州立病院の玄関前に、テレビや新聞社の取材陣が詰めかけていた。『海賊集団アトランティア』によって中毒性薬物の依存者とされてしまった少年少女――パウビーノ達を乗せた担架が夥《おびただ》しい列をなして運び込まれていたのだ。

「一体何があったのです？」

「君達のお父さん、お母さんはこのことをご存じですか⁉」

「通してください、道を塞がないでください！」

カメラの砲列と、突きつけられるマイクに対し、少年少女達はもとより病院のスタッフも始終無言を貫き通している。当事者達は答えられる状態になく、守秘義務を課されているスタッフは答える意志がなかったからである。

そのため記者の幾人かは患者やその家族のふりをして病院内部にまで潜り込んで、少年少女達の姿を直接カメラに収めようとした。某年二月、ニュージーランドで起きた地震の際にも、日本のマスコミは同様のことをやらかして批判を浴びたのだが、どうにも無反省であったらしい。

だがそうした者はたちまち病院職員に見つかり、制服を着たワーウルフの警備員に摘《つま》み出されていった。

その際に記者の発した「報道の自由を尊重しろ！　俺はこの事件の悲惨さを皆に周知するために働いてるんだぞ！　俺は国民の代表なんだからもっと敬え。もっと特別扱いしろ！」という罵倒は、周囲にいる誰からも共感を得ることなく、ただひたすら軽蔑の視線を集めることになったのである。


特地のアルヌス州と日本は『門《ゲート》』のみを通して繋がっている。

『門』は常時開いている訳ではなく、開閉も不定期だ。そのためこのニュース映像が日本全国に報じられるまでには、相応の時間を必要とした。

『……こうして多量の薬物摂取を強《し》いられた少年少女達五百五十四名が保護された訳ですが、アルヌス州立病院にはそのうちの僅《わず》か百四十人が収容されたに過ぎません。比較的症状の軽い子供達はティナエ島に残されており、逆に症状の重い者については『門』が開き次第、都内の大学病院に運ばれることになるそうです。しかし事件についてはまだ詳細が発表されていません。このような痛ましい事件は何故起きたのでしょうか？

多くの子供達を平然と犠牲にすることを厭《いと》わない海賊は、何故発生したのでしょうか？

多くの子供達が命を奪われなければならなかったのは、一体何故でしょうか？　これらに答える責任が、日本政府にはあるはずです！』

病院の画像を背景に、「何故」を繰り返すアナウンサーの言葉を聞いた海上自衛隊一等海佐江田島《えだじま》五郎《ごろう》は、銀座のビアバーにあるカウンターに片肘を突いて呟いた。

「『坊やだからさ』……と、彼だったら言ってしまったりするんですかねえ？」

事の真相を知る江田島としては、「何故」を乱発されるとつい混ぜっ返したくなってしまうのだ。

何しろこの映像が撮られたのは五日も前だ。その証拠というか映像には、江田島や徳《とく》島《しま》の姿も映っている。

現在の技術では、アルヌスで起きたことを即座に銀座に伝えることは出来ない。そして『門』が開いたのは昨日だった。だからこの事件の初報も昨日だったのだが、今朝、今夕、そして今夜にわたってまで引き続き報じられていた。

この繰り返しにはさすがに他意を感じざるを得ない。

江田島の独り言に近い言葉に応えたのは、同じく海上自衛隊二等海曹の徳島甫《はじめ》だった。

「さすがにそれはないと思いますよ。伊丹《いたみ》さんって、わりかし空気読みますから、不謹慎の誹《そし》りを受けるようなことは避けて通ります」

徳島は江田島が名指しすることを避けた人物の名をはっきりと口にした。

徳島と江田島は仕事上の相棒だが、二人にとって伊丹とは「彼」の一言で通じてしまう存在なのである。

ちなみに江田島は徳島の上司だ。

江田島が考え、命令し、責任を負う。そして徳島が実行する。

極稀《ごくまれ》にこの役割分担が逆になることもあるが、二人はそんな関係で特地とこちら側を行き来しつつ任務を遂行してきたのである。

そして今回の仕事も上手くいった。

「特地に条約違反の技術や知識を移転している者達を探る」という本来の任務の手がかりを獲得した上で、薬物漬けにされた少年達を助け出すことにも成功したのだ。

更には、アトランティアによるアヴィオン海諸国の征服も未然に防いだ。

アトランティア軍を壊滅させたとか、完全にその意図を挫《くじ》いたとかまではいかず、たかだか数ヶ月の時間を稼いだに過ぎないが、少なくともここから先のことを地元の政府の自助努力に期待できるレベルまでには持ち込めた。

これらのことは、もちろん二人だけで成し得たことではない。

海上自衛隊のミサイル艇『うみたか』と『はやぶさ』。特地の風帆《ふうはん》軍艦オデットⅡ号の艦長であるシュラ・ノ・アーチや船守《ふなも》りのオデット・ゼ・ネヴュラ、そして乗組員達の献身がなければ何も出来なかった。

味方してくれたアヴィオン海海賊七頭目の一人ドラケ・ド・モヒートやその仲間達のことも忘れてはならないだろう。

彼らの命を賭《と》した協力があったからこそ、やり遂げることが出来たのだ。

とはいっても、やはりその中心にいた江田島と徳島には仕事の成功を祝う資格がある。

「では、任務の成功を祝して乾杯しましょう」

「かんぱーい」

二人がジョッキを鳴らした時、報道番組は別の話題に切り替わった。

それは帝国の皇帝ピニャ・コ・ラーダが、国賓《こくひん》として来日しているというものだ。

その映像でピニャは『門』の銀座側に姿を現すと、赤絨毯の上で高垣《たかがき》総理大臣と握手、栄誉礼を受け、柿崎《かきざき》外務大臣の案内でリムジンに乗り込み迎賓館へと入っていった。

日中は総理との会談をこなし、記者会見を行ったという。

日も暮れた今頃は、皇居で天皇陛下主催の晩餐会に出席しているはずだ。

「ああ、分かった。だからさっきのニュースを流したんだ」

突然、徳島が声を上げた。

「きっとそういうことでしょうね。帝国からピニャ陛下が来日されていて、今日は記者

会見がありました。だからテレビ局は特地で起きた陰惨《いんさん》な事件の話題を続けたのです。テレビのニュースは、どのように切り取られて報じられるかも問題ですが、話題として取り上げられることそのものにも制作者の意図が含まれています。このニュース番組の制作者は、二つの出来事を続けて報じることで、帝国に対する悪印象を人々に植え付けたいんでしょう」

「そんなことをして何の意味があるんでしょうか？」

「日本と特地側世界の関係を悪くすることでしょうね。そのことに意味があると思っている人物が放送局内にいるということです」

「最近、あちら側との関係も密接になってきたはずなんですけどねえ。実際、この銀座でも、特地の人々の姿を見かけるようになったでしょう？」

現に二人が呑んでいるこのバーでも、特地の亜人がウェイトレスとして働いている。ヴォーリアバニーやキャットピープルの美しい姿を見るためだけに、遠くからわざわざ客が訪れるくらいだ。

特地に踏み入るには、予防接種などいろいろと面倒臭い手続きが必要だが、この銀座ならばそうしたことは必要ない。そのためウェイトレスに特地の亜人種ばかりを集めた外国人観光客向けの店すら出来ている。

「はい、お二人さーん。お待たせ」

長いケモ耳を持った女性がやってきて、二人の前に追加のビールジョッキを置く。

彼女もまた特地からこちらに来て働くようになった亜人種だ。日本がアルヌス周辺を獲得したことでたまたま日本国籍を得ることになった彼女のような人間が、こちら側の世界で少しずつ活動範囲を広げているのである。

そうしている間に、テレビ報道は本日の昼間に行われた記者会見の映像へと変わった。

「陛下。今回の事件についてのご感想は？」

通訳が記者の言葉を翻訳してピニャに囁く。そしてピニャが特地語で答える。

通訳は特地側の女性だ。服装から察するにピニャが創設した騎士団の一員だろう。

女性ばかりからなる彼女の薔薇《ばら》騎士団は、日本のある種の文化に興味を強く示し、『門』を挟んで双方が接触した当初から言語の習得に力を入れてきた。そのため彼女達の日本語力は極めて高い。

「多くの子供達の痛ましい姿を見て胸が痛みます。我が世界の民を救ってくださったニホンの皆さんのご厚情に篤《あつ》く感謝申し上げます」

女性記者の一人が手を挙げた。

「帝国は特地にある国々に強い影響力を有する覇権国家です。今回の出来事も帝国の版《はん》図内《と》で起こったこと。帝国内では、最高権力者として陛下の責任を問う声も上がっているようですが？」

通訳を介してのその問いに、ピニャが答える。

「余の責任を問う声とは一体誰のものなのか、よかったら教えてくれまいか？」

「それは……取材源は秘密なので明かすことは出来ません」

「残念なことだ。実は帝国では、皇帝ともなると権力がなかなかに凄くてな、身辺にはおべっかを使う者ばかりが増えてくる。だから余としては、余の責任を追及するような気概と勇気を持ち合わせている者を重用《ちょうよう》したいと思っておるのだ」

「そ、そうでしたか」

「今回の出来事は……確かに我が帝国にもある程度の責任はある。それは余の力が足りずに海賊の跳梁《ちょうりょう》を許していることに行き着く。余はそのことに関して強く責任を感じる……」

「責任を感じておられるなら、どのようにしてそれを取るおつもりですか？」

「ふむ。我が国の力をより高めるしかあるまい。強力な軍事力をもって海賊など平らげてしまえば、此度《こたび》のようなことは二度と起こるまい。そのためにもニホン政府並びに国民の皆にご協力を請《こ》いたい」

「それがあなたの責任の取り方なのですか？　今回、多くの子供達が犠牲となった原因に、奴隷制度があるとは考えませんか？」

「奴隷制度？　我が国の社会体制の重要な部分だな。その何が問題なのだろう？」

「今回の事件の元は確かに海賊です。しかし奴隷制度のような旧弊《きゅうへい》が特地での人権軽視の風潮を作っているとも言えませんか？　再発防止のためにも、是非制度の見直しを図るべきです。それをしないで責任を取ったと言えるのでしょうか？」

ピニャは訝《いぶか》しそうに翻訳がなされるのを待った。そして全てを聞き終えると、目を見張った。

「記者殿は余の考えを問いたいのか？　それとも余を説き伏せたいのか？　まさかとは思うが、余をダシに同調する者を求めているのではあるまいな？　記者殿がどのような心積もりでこの場に臨《のぞ》んでいるかは知らぬが、余を相手にしていてはそなたを満足させることは難しいと思う。ギロンを求めているのなら、相手を選ぶことだ。プロパガンダなら時と場所と媒体を間違っておる」

ピニャはそれだけ言い終えると、通訳が翻訳して記者に伝えるのを待つのももどかしそうに腰を上げた。記者会見はこれで終わりという意思表示だ。

「陛下！」

記者達は更に質問を重ねようと手を挙げる。しかしピニャは軽く背後を振り返って彼らを一瞥しただけで、すぐに会見の席を退出してしまった。

「ところで統括、報告会はどうでしたか？」

テレビのニュースが、わんにゃんもふもふ特集を流し始めると徳島は尋ねた。

江田島は昨日、官邸に呼ばれて今回の任務についての直接報告を求められた。

ピニャの来日と重なったため、官邸は非常に多忙だったはずだが、総理は江田島を呼び付けた。アトランティアとはどのような集団であるかの説明や、事件がどのように起きてどうなったのかを重要視しているのだ。

事の性質上、政府としても慎重を期したいからだろう。

もしアトランティアが国家としての要件を備えているならば、たとえ不法行為、海賊行為であってもそれは当事国同士で行っている軍事活動ということになる。

そうなると日本政府は非常に面倒な事態に陥る。

日本の領土領海領空が侵犯された訳でもなければ、国民の財産生命を脅かす武力攻撃を受けた訳でもないのだから、第三国たる日本の自衛隊が武力を行使することは許されないのである。

特地における海賊対処法は、相手が海賊であると断言できる時に限って行使できるのである。

今回の徳島や江田島の行動が、超法規活動であったという誹りを避けるためには、「アトランティアは、国家を自称していても実際には領土を持たない。つまり国際法が定める国家ではなく、ただの武装集団で海賊なのだ」と主張できる根拠が欲しいのだ。

江田島はアトランティアとはどんなところであったか、どのような者達の集団であったのかを知り得る限り説明する必要があった。

「報告会。言い得て妙ですね。偉い人達がずらりと並んで私の報告と説明を聞き、今後の方針について話し合うのだから——確かに報告会です」

江田島は笑って返した。

「で、俺達はどうするんですか？」

「現任務の続行、それが結論です」

その時である。突然、江田島の隣に立った男性が声を掛けてきた。

「ちょっと失礼します。貴方がたは海上自衛隊の人ですか？」

それはスーツ姿の地味な印象の男だった。

少し言葉を交わしただけでは、面相の記憶が残らない。そんな風貌になるよう、あえて髪型、服装を地味にしているのかもしれない。そう思うくらいに個性の欠落した男だった。

「あなた、誰？」

徳島は警戒心を高めた。

今は徳島も江田島も私服を着ている。携行品も私物だ。その姿を見ただけで海上自衛官だと分かる要素は一つもない。なのにどうしてそうだと分かったのか。

「私はこういう者です」

男は懐から名刺を取り出すと、江田島に差し出した。

「中華人民共和国から参りました。陳羽《チェン・ユウ》と申します」

名刺には在日本・中華人民共和国大使館付き武官と書かれていた。つまりは、人民解放軍の大校《大佐》だ。

「ほう、中国大使館の武官ですか」

江田島も名刺を取り出そうとする。しかし陳は不要だと止めた。

「貴方は江田島一等海佐ですね？」

「おや、以前にお目にかかったことがありましたか？」

「いえ、初めてです」

「では、どうして江田島さんのことを?」

徳島は尋ねた。

「彼は有名人だからです。私のような立場の者が彼を見かけたら、こんなところであっても、ついつい声を掛けたくなってしまいます。キルギスで出し抜かれた連中は、彼のことを未だに恨んでますよ」

「キルギス?」

徳島は尋ねた。

「昔、派遣されていたことがありましてねえ。それで、陳さんは何のご用でしょうか?」

江田島が尋ねると陳はその隣に腰を下ろした。

「大使が愚痴を零していました。首相官邸に呼び出されて、我が国の工作員が特地で条約に違反する非合法活動をしているという抗議を受けたと。そんな報告をしたのは、貴方ですね?」

江田島は驚いた。

我が政府にしては随分と素早い対応だと思ったのだ。江田島が特地の状況を報告したのは昨日なのに、官邸はもう大使を呼んだらしい。

とはいえ江田島はこう応じた。

「どうして私が報告したと思うのですか？」

陳は江田島の言葉を無視して続けた。

「大使はこうも言ってましたよ。我が国が条約違反をするなど決してあり得ないのに、手柄欲しさにそのような嘘を報告されて迷惑だ、と」

「それはつまり、政府からの抗議を受け入れてくださるつもりはないということですね？」

「ええ。そのような捏造《ねつぞう》された証拠をネタに恫喝《どうかつ》されても、我が政府が怯《ひる》むはずないではありませんか」

「政府が正式に抗議したのであれば、しっかりとした客観的証拠を提示したはずなんですがねえ。それを捏造とおっしゃいますか？」

「ええ。あんなものはいくらでも捏造できます」

「ならば、お国の工作員を生きたまま捕まえてきましょうか、と売り言葉に買い言葉で応じたいところですが、たとえそうしたとしても否定なさるんでしょうね？　……お国の政府ならば、きっとそうするでしょう」

「そんな仮定は成立しません。そのような者は特地にはいないのですから。いない者が捕らえられることなどないのです」

陳は江田島の顔を見据えて、「ない」を強調した。

「いないのですか？」

「ええ、もちろんです」

しばらく江田島はそれを見返していた。何かを考えているらしく、やがて眉根を寄せた。

「陳大校、貴方は我が政府が突きつけた証拠書類をご覧になりましたか？」

「もちろんです」

「どう思われましたか？」

「よく出来てはいましたが、作りものですね」

「全てをご覧になりましたか？」

「大使が持ち帰った書類なら全て見せていただいているはず……全て、だと思いますが？」

陳は、日本政府から突きつけられた書類の全てを、大使が自分に見せたとは限らないことに思い至ったようだ。だから少しばかり自信がなくなり、言葉じりの切れが悪くなった。

「……」

「……」

またしても二人は沈黙してしまう。張り詰めた空気だけが二人の間に立ちこめていた。

「頭の良い人同士の腹の探り合いって凄いんですね……俺にはちょっとしか分かりませんよ」

その時、徳島が混ぜっ返すように言った。

「徳島君……ちょっと黙っていてくれませんか？」

頭をフル回転させているのだろう。江田島には徳島の言葉が雑音に感じられたようで、煩《わずら》わしいと拒絶した。

しかし陳のほうは逆で、徳島の言葉を救いのように受け止めた。

「徳島さん。今の我々のやりとりが、ちょっとは分かったとおっしゃいましたね。何をどのように分かったか、教えてくださいますか？」

徳島はチラリと江田島を見る。

江田島は仕方ないとばかりに頷いて許可を与えた。

「まず、陳さんが、向こう側にお国の工作員は『いない』と言い張っている理由です。俺と統括は向こうに行ってきました。その結果、『いる』と言っています。特地にはお国の工作員はいるんです。なのにその俺達に、つまり、第三者ではなく実際に向こうに行って見てきた相手に、『いない』と言い張っている。これってどういう意味なのかなと俺は考えました。もしかして馬鹿にしてるのかな、あるいは喧嘩でも売ってる？　とも思ったんですが、そんなことのためにわざわざここまで来ないでしょう？　だから必ず別の理由があると思って深読みしてみたんです」

陳は何も言わずに頷いた。

「いろいろ考えてたら行き詰まってきたので、もしかして本当に『いない』のかもしれないと考えてみることにしました。でも、『いた』のは事実だから、つまり今は『いない』ということかと。かつて『いた』けど『いなくなった』――だから自信たっぷりに捕らえられない、なんて言い張れるんです」

徳島はこの解釈で当たっているか確かめるように、江田島と陳の顔を見る。すると二人とも頷いた。ここまでは正しかったようだ。

「続きは？」

「すみません、お二人が沈黙してしまったので、ここから先は分かりませんでした……」

代わりに江田島が続けた。

「陳さん、これは私の妄想と思って聞いてください。徳島君と違って、私は彼らが『いなくなった』とは考えていません。きっと貴方がたと連絡が取れなくなったのだろうと思っています」

するとで陳ではなく徳島が問い返した。

「連絡が取れなくなった……ですか？」

「はい。多分陳さんを含めて、中国本国の認識は『連絡が取れなくなった』です。ビール缶の中にビールが入っているか入ってないか……傾けても中身が出てこなければ、『空になった』と推測してもいいのですけれど、実際のところ中身を覗き込んでみるまでは分かりませんからねえ。何かが出口で栓をしていて出てこないだけかもしれません し。なので『いなくなった』という結論は出ていないはずなのです」

江田島はそう言うと、残り少なくなっていたビールを飲み干した。そして空のジョッキを二人に見せびらかすように逆さまにした。

「なるほど。けど、あんまり違いがないように思うんですけど？」

しかし徳島は、両者を厳密に区別する必要性が今ひとつ理解できなかった。

「希望があるかどうかは大きな違いですよ、徳島君。何らかの事情で連絡が取れなくなっているだけなら、彼らはまだ生きているかもしれませんからね？」

「でも、陳さんは今、『いない』って言い切ってましたよね？」

「つまり、突然パタッと連絡が途切れた訳ではない。何が起こっているか、報告は入っていた。きっと中国の中央としてもそれなりに対策をとっていたはず。けれどそれも虚しく連絡が入ってこなくなってしまった。結論としては、『いなくなった』かもしれないと予測できる。けど推測に過ぎない。なんとしても結果を確かめねばならない」

「ああ、なるほど。ようやく理解しました。陳さんは特地に潜入させた工作員がどうなったのかを知りたくてここに来たんですね。調べようにもその手立てがないから、現場を見てきた俺達を挑発してあたりをつけようと思った。もし俺達が、もう何人か捕まえているとでも答えたら、かえって望むところだったんですね」

徳島はようやく理解した。

江田島がそういう解釈でよいかと問いかけるように陳の表情を窺う。

「……」

しかし陳は黙ったままだった。

「直接尋ねてくれたらこちらにも答えようがあるのに」

「徳島君。無理を言っちゃいけません。中国政府の公式見解は『工作員など送り込んでいない』なんですから。彼らがどうなったか知っているか？　なんて口が裂けたって問えません。出来ることは、意味深なことを言ったり我々を挑発したりして態度から感触を得る。それだけです」

徳島は陳の顔色を見た。

「……」

しかし陳は表情をピクリとも動かさない。ずっと黙っていた。

「陳大校。貴方のお立場は理解できます。しかしこの質問には是非答えていただきたい。我々の態度や発言から、陳さんはどのように解釈できたか――です。何しろこれは微妙で敏感な問題です。誤解があったらただでさえ面倒な両国関係は更に面倒なことになってしまいますからね」

すると陳はジョッキの中身を口に含んだ。

「ここでしている会話は、全て仮定であることを前提としています。正直申し上げれば、貴方がたは、他愛もない酒場での話を深読みし過ぎています。実際には、我が国が特地に工作員を送り込んでいるなんてことはないし、存在しない者と連絡が途絶《とぜつ》したという事実もない。しかしながら、私が貴方がたから受けた印象は、その仮定の出来事に、貴方がたは直接関与していないということ。少なくともお二人は関わってない」

「どうやら伝わったようですね」

江田島は安堵したように笑みを浮かべた。

「けど、同時に確信したこともあります。貴方がたは向こうで何が起きているかを知っているのですね？　原因も分かっている。だからこそ徳島さんは、直接尋ねてくれれば答えようがある、と口にしたのだ」

徳島は自分の不用意な一言が大きなヒントを与えてしまったのだと理解した。

「あちゃー、頭のいい人は、ホントにささやかな一言で裏を読んでいきますね」

すると江田島が窘《たしな》めた。

「それが出来ないようでは、国際社会の中で生き残っていけないのですよ」

「俺にはスパイなんてやっぱ無理だな～」

徳島は嘆くように言うと、ぐいっとジョッキを空にした。

江田島は陳の名刺を取り出すと、そこに書いてある内容をもう一度確かめてから尋ねた。

「陳羽さんは人民解放軍海軍でいらっしゃるのですね？　ご結婚は？」

「もちろんしております」

「お子さんは？」

「息子が一人」

「お元気ですか？」

「とっくの昔に成人していまして、今は仕事で遠くに行っています。元気でやっているのかどうか、最近はメールの一通、葉書一枚寄越しやしません。子供なんて、成人したら大体どこの家でもそんなものらしいのですけどね」

「お仕事で遠くにですか……心配ですね」

陳は沈痛な面持ちで頷いた。

この男はここに現れてからずっと表情を変えず感情を隠し続けている。しかし今の表情には本当の感情が含まれていると江田島は思った。

＊　＊

陳大校は徳島らと別れると、銀座の繁華街を離れたところまで歩く。そこで路頭に停車していた黒塗りの大使館ナンバー車のドアを自ら開け、後部座席に乗り込んだ。

「大校、どうでした？」

運転手が問いかけてくる。

「うむ。どうやら今回の件に日本政府は直接関わっていないらしい。ただ、何が起きているかは把握している。それを聞き出すことまでは出来なかったが、おそらく日本と交流のある現地の治安機関による摘発だろう」

「報告には、神とか亜神とかいった記述があったとか？」

「向こう側世界の軍か警察組織の通称か何かだろう。そう考えれば、こんな事態が起きたとしてもおかしくはない」

「しかし、未だに鉄砲も製造できないような連中相手に、我が軍の精鋭が遅れをとるはずが……」

「その考えは誤りだ。確かに科学や技術について異世界は遅れている。しかしヒトとしての成熟度や洞察力では我々となんら遜色《そんしょく》はない。お前は向こう側の人間を蔑《さげす》むが、お前の持っている知識はそもそも誰が発見したものか？　古代人は確かに我々より遅れているが、その古代人のアルキメデスこそが様々な発見をしたのだ。貴様にアルキメデスの真似が出来るのか？　アルキメデスに鉄砲を作る知識がないと蔑む資格があるのか？」

「い、いえ……無理です。資格はありません」

「その上、向こう側世界には魔法なんてものがある。一部においては我々よりも進んでいる可能性だってあるのだ。なのに、貴様のように舐めてかかるからこういう事態になってしまうのだ。馬鹿者め！」

運転手はだんだんボルテージが上がっていく陳の言葉を聞いて、この罵倒が自分にというより、別の場所にいる誰かに向けられた言葉として感じられた。おそらく連絡が途絶えた陳の息子、陳音繰だろう。

「息子さん、心配ですね」

「いや、息子は諦めるしかないだろう。もう自立した大人だ。そして人民解放軍の軍人でもある。私は息子が軍人の道を志した時から万が一もあると覚悟はしていた」

「けれど、上からは引き続き連絡の回復に努力するようにと命令が出ていると聞きます。それはまだ希望はあるということでは？」

「上の連中が諦められないのは、向こうから送られてくる金貨や銀貨のことだろう。ところで、日本政府が我々に突きつけた証拠書類の控えはあるか？」

「え、書類ですか？　ええっと、あるはずです」

運転手は慌ててダッシュボードを探した。鞄《かばん》を開いて、助手席のあたりを探る。そうして見つけ出された茶封筒が差し出された。

「はい」

陳は書類を取り出すと、老眼鏡をかけて目を通し始めた。江田島が「本当に全部見たのか？」と念を押してきたことが気になったのだ。

それは、もし見ていたら陳からは別の反応があると期待していたことを意味する。

「まさか――な」

ふと、二人があそこで酒を飲んでいたこと自体が、陳を待っていた可能性もあると思い当たる。

あの店は『フロント』のいるバーだし、『フロント』から二人があそこにいると聞かされたから陳も出向いていったのだ。

「それだけ、反応の期待が出来る資料ということか」

書類を見てみると、そこには特地で広まりつつある魔法を用いた大砲と、小銃の製作手引き書の下書きが載っていた。

設計図には、細かい説明書きが簡体字でなされてあった。特地に潜入した工作員は、これを特地語に翻訳して現地人に流していたのだろう。

「馬鹿者、英語か日本語で書けばいいものを……」

今回の作戦のために集められた技術者には、潜入工作員としての教育がなされていない。おそらくはそのせいだろう。それは今回の作戦がいかに急場凌《しの》ぎで行われたかを意味している。

「ん、これは？」

大砲の製作手引き書の他には、現地に潜入した研究者からの調査報告書があった。

「どうしてこんなものが……」

それは特地の特産物で、中国にとって有用と思われるものが並べられていた。

海中で育つ穀物――オリザルをもしこちら側に持ち込んだら、食糧問題が一気に解決される可能性がある。

遺伝子組み換え技術を用いて、海中でも小麦や大豆が作れたら海洋国家は永久に食糧に困らなくなる。黄海、東シナ海、南シナ海といった遠浅の海は、瞬く間に巨大農場と化すだろう。

他にも、光合成によって生じた酸素をその気嚢《きのう》に溜め込むパウルという海藻。これにもヘリウム、ネオン、アルゴン、クリプトン、キセノンなどの希ガス類を、海中や空気中から抽出して溜め込む変異種があるらしい。

「こんなものがあったら、戦略資源の問題が解決してしまうな……」

更に、特地の碧海《へきかい》には有望な油田があるという記述もあった。

「もしかして、あの男が言っていたのはこれのことか？」

陳の呟きに、運転手が問いかけた。

「何がです？」

「特地の海に油田があるという調査報告だ。特地に潜入した我が国の調査員が調べたものだろう。工作員を潜入させたことを抗議するなら、爆発物製造の手引き書だけでも根拠になるのに、何故こんな文書まで付け加えたのか……江田島の態度から見て、これは日本政府から我が国に向けたメッセージだと受け止めるべきかもしれない」

陳はこの書類の意味に考えを巡らせた。一人で考えていると行き詰まりやすいので、運転手を相手に話してみる。

「特地と行き来するための『門』は銀座にある。そのため、特地の資源をこちらに運び込むには日本を経由しなければならない。これは厳然たる事実だ。正しいか？」

「はい、そうです。大校」

「我が国は資源が不足している。我が国、我が民族が覇権国家たるには、十三億の国民に豊かな生活をさせる莫大な量の資源、莫大な量の食糧、莫大な量のエネルギーが確保されねばならない。それには資源の流通路、シーレーンの確保が必要だ。一路一帯政策はそのためのものであり、釣魚群島の確保も第一列島線、いずれは第二列島線への米海軍近接を拒絶するための布石だ」

「その通りです。大校」

「もし、我が国が特別地域に権益を得たとしても、そこで獲得した資源を我が国まで送り届けるのは事実上不可能だ。それを可能にするには、この銀座周辺から東京湾、そして外洋に至るルート——つまり関東地方南部を、日本から奪い取ってしまわなければならない」

「悔しいですが、その通りです。大校」

「対するに日本は、特地を得て圧倒的に有利な立場を固めている。もし我が海軍が日本列島を四方八方から取り囲んで全ての港を塞いだとしても、『門』がある限り資源に困ることはない」

「実に狡《ずる》い。日本だけこのような利益を得るだなんて許し難いことです。このような資源は世界で分け合うべきです」

「そうだな、皆で分けて……ふむ、そういうことか」

「どうしましたか？」

「日本は既に必要十分な量の資源を確保している。いや、それ以上の資源確保も出来るのだ。つまり資源を必要とする国に分け与えることが可能だ」

「大校。それはどういう意味でしょうか？」

「つまり、日本と友好関係にある国にとって、太平洋や日本海、そして東シナ海は新たなシーレーンとなる」

もし日本から安定して物資が供給されるなら、中国も無闇な軍拡は必要なくなるのだ。

「日本に傀儡《かいらい》政権を打ち立てて我が国の従属国とすればよいのです」

「確かにその通り。尖閣《せんかく》の領有権を主張し、国境島嶼《とうしょ》部の民族意識を刺激し、反中央政府運動を促しているのも、いずれ独立させ、チベットやウイグルのように我が国の版図内に収めるための下地作りだ。しかし日本そのものを、となると簡単ではない。実現するのはかなり未来になるだろう。だから短期的には現状の日本との付き合い方を考えねばならない」

「ですが今の米国追従姿勢をもった日本に、我が国が産業の源泉技術ばかりでなく資源の依存度まで高めたら、日本が我が国に対して資源の供給を止めた際に、屈辱的な隷属《れいぞく》を強いられてしまうのではないでしょうか？」

「そうだな……」

「それに我が国にとって反日はもう国是です」

毎日どのテレビを観ても反日ドラマが流れている。

抱腹絶倒なあらすじと、主人公の人間とは思えない活躍ぶりがおかしくて一時話題になったが、いい加減飽きてしまった。逆に言えばそれが普通になってしまっているということでもある。

「国是なんて都合でどうにでもなるものだぞ。忘れたのかね？　我が国はもともと共産主義経済の国家だった。資本主義経済など許されないものだった。だが、今や我が国も、共産主義市場経済の社会体制で事実上は資本主義だ。そうなったのは誰かにとって都合のよいことであったからに他ならない」

「では、我が国も反日をいつでも改めることが出来ると？」

「このような資料をさりげなく混ぜ込んだのも、その呼び水のつもりなのだろう。ここから先はもちろん我が国の最高指導者が判断することだが、日本政府は我が国の方針や態度が変わるなら、必要とする資源を供給することも出来るぞと囁いているのだ」

「我が国は、日本と友好的な関係にあるはずですが？」

「友好国か敵国かと問われれば、誰もが友好国と答えるだろう。少なくとも公職にある者はな。だが関係は友好的ではない。日本は我が釣魚島を不法にも占領して、自国領だと喧伝《けんでん》している。対するに我が国は、公船を接続水域に派遣し続けている。これは友好的な関係の国の有り様ではない。端的に言えば敵だ」

「日本が我が国に譲歩すれば、全ては解決します。彼らが常に、永久に、譲歩し続ける国となれば平和かつ友好的でいられるのです」

「向こうも同じように考えているだろうよ。我が国が手を出してこなければ、平和で友好的でいられるとな。だからこう言ってきている。欲しい物資や資源があるのなら、力尽くで奪おうとせずひれ伏して譲ってくださいと頼めと。友人として願い出るなら、適正な価格で譲ってやるぞと」

「天朝たる我が国に対して、対等の立場にでもなったつもりなのでしょうか？　東夷《とうい》のくせに随分と上から目線で生意気です」

「この傲慢さはいつか思い知らせてやらねばなるまい。さあ、これで総括は終わりだ。家に帰ることにしよう。妻に音繰のことを何て告げたらいいか。それを考えると、気が重くてたまらんのだ」

陳は運転手に車を出すよう命じた。

＊　＊

陳大校と違って徳島と江田島には迎えの車などない。そのため二人は近くの駅までぞろ歩きしながら語り合っていた。

「統括はあの人が来ることを予測していたのですか？」

「どうしてそう思ったのですか？」

「だって、『たまにはああいう店で飲みませんか』だなんて、統括とのご縁も結構長いですけどそんなお誘いは初めてでしたし」

「徳島君の言う通りです。あそこは諜報活動をしている者の中で、『フロント』と呼ばれる者が常駐している店でしてね。行けば誰かが声を掛けてくるだろうと期待していたんです」

「フロント？」

「諜報活動をする者は、大抵が目立たないように隠れているものなのですが、そんな中でいかにも怪しげに振る舞って公安関係者の注意を引きつつ、逮捕されるギリギリの線は越えないという者がいます。そういう人間を古い業界用語で『フロント』と呼ぶのです。彼らの役目は敵対する諜報員、あるいは機関同士のやりとり窓口です。捕らわれたスパイの交換などの条件調整も彼らを通じてなされます。都内にはそういう人間が集まる店が何カ所かありましてね、顔を知られている私が行けば、こういう人間が来ているぞとそれぞれの雇い主に報告が上がります。陳大校はそれを聞いて来たのですよ」

「それで期待通りになりましたか？」

「半分と言ったところでしょうか？　もともと私は乗り気ではありませんでしたけどね」

「乗り気ではなかった？　つまり誰かに行けと言われたんですか？」

「政治家の中には、国ごとの価値観の相違というものを甘く見てる者がいます。手を差し伸べられて感謝する者もいれば、侮辱だと受け取る者もいるというのに」

「政治家……ああ、上からの命令だったんですね？」

「国境とは、ここから先は別の価値観を持つ者ばかりが集まった土地だぞと示すためにあるのです。なのにそれを分かっていない者が多過ぎるのです」

「分かった。だから今夜は統括の奢《おご》りだったんですね？　仕事なら経費で落ちますもんね。こんなことならもっと飲んでおけばよかった」

「はあ、私が他国との付き合い方について論じているというのに、君はお気楽ですねえ」

「ええ。俺はそのあたりあまり深く物事を考えないようにしてます。けどそんな俺だって考えてることがあるんですよ」

「それは何ですか？」

「プリメーラさんのことです。彼女の救出、どうするんですか？」

前の作戦で、徳島達はアトランティアの王城船に囚《とら》われているプリメーラ・ルナ・アヴィオンの救出を断念した。

アトランティアの女王《ハーラム》レディ・フレ・バグは、旧アヴィオン国の唯一の血筋であるプリメーラを担ぎ上げ、アヴィオン諸国を実質的に統一、支配しようと目論んでいた。そのために彼女を王城船で軟禁しているのである。

もちろんシュラ達はプリメーラを救い出したがっていた。しかしパウビーノ達の救出とそれを併行することは不可能だった。だから江田島と徳島は、女王《ハーラム》レディはプリメーラを害したりはしないはずだと語り、子供達の救出作戦に専念するよう求めたのである。

それが上手くいったのだから、今度は江田島達がシュラ達に協力する番だ。

とはいえ日本政府は、海賊に囚われているお姫様を救うために、自衛隊に行けと命じるなんてことはしない。たとえ現場レベルでの借りがあったとしても、個人的な事情と見なさざるを得ないのだ。

「なんとかならないですか？」

もちろんそれを言い訳に引っ込んでしまう徳島ではない。このままではシュラやオデットに合わす顔がないのだ。

「先ほど言いましたように、我々は現任務を続行します。陳大校は、現地に潜伏させた工作員と連絡が取れなくなった――と解釈できる発言をしていましたが、我々にそのように誤認させる欺騙《ぎへん》工作である可能性もあるので、完全に彼らがいなくなったと判断できるまでは調査を続けなくてはならないのです」

「では、アトランティアに？」

「はい。必要ある限り何度でも参りますよ。そしてその途中で、海賊に囚われている人質を見つけたら——例えば某国の姫君が囚われていると判断されたら——法の許す範囲で対処するだけです」

「さすが統括！　話が分かりますね」

「ですから、徳島君も先走ったりしないよう自重してくださいね。君は人が好《よ》すぎますから、シュラさんやオデットさんに泣きつかれたら黙っていられなくなってしまうでしょう？」

「分かりました。彼女の救出方法を考えながら、統括のご命令をお待ちします」

徳島は私服ながら江田島に向けてピシッと挙手の敬礼をしたのであった。

＊　　＊

皇居近くの高級ホテルのラウンジでは、晩餐会を終えた帝国と日本政府の要人達が集まって会談をしていた。

国の代表同士の公式会談では、互いに何をどう喋るか、事前折衝《せっしょう》によってほとんど決まっている。従って堅苦しくない場で胸襟《きょうきん》を開き、互いの立場や考えを語り合う別の機会を持つことは、国と国が交際を続けていく上で必要なことなのだ。

とはいえ、さすがに一般のお客が側にいては、国家機密や外交上の問題は語れない。だからこの日ばかりは貸し切りで、一般客の立ち入りはシャットアウトされていた。

そこかしこでは両国政府の要人達がカウンターパート同士でカクテルグラスを傾けている。

補佐官は補佐官同士、外務大臣は外務大臣同士といった感じだ。そしてそれぞれ懸案となっていることについて忌憚《きたん》のない意見をぶつけ合っていた。

帝国皇帝ピニャの相手ならば当然、帝号を有する者でなければ釣り合いが取れないところだろう。しかし日本では政治的な権限を有されていないため、高垣総理が相手となる。

座り心地の好い革のソファーに身体の半分を埋めながら、ピニャは窓の外の夜景に目を向けた。

彼女の右斜め後ろには、警護のためか騎士団の女性がキリッとした面持ちで立っている。煌《きら》びやかにして端麗な衣装に細身の剣を提《さ》げていた。

このホテルやラウンジは日本の警察によって厳重に警備されており、不審者などが立ち入ってくることはあり得ないのだが、それでも万が一の事態というのは起こり得る。

これはそのための備えなのである。

総理の傍らにもSPが一人立っているが、こちらは地味な黒服姿だ。もちろん懐には拳銃を所持しているはずだ。

「我が国としては、正直なところアヴィオン海の問題にこれ以上手を取られたくはありません」

総理は通訳を挟むことなく日本語で語りかけた。

「しかし、逆にもっと積極的に関与すべきだと主張する者もいるようだが？」

するとピニャもまた日本語で応じた。

一部の日本文化に魅了されて以来、彼女も日本語を熱心に学び、通訳を介さずに会談できる程度にまで身に付けている。

「特地は関われば関わるほど深みに嵌まっていく泥沼です。民族問題や貧困、それに一部の記者が申しておりましたが、奴隷制度という問題もある。それらを解決しろと国際社会からの圧力がかかります。しかしそこに手を付けたら最後、一体どれだけの費用と人力を奪われることになるか。想像するだけでゾッとします」

アトランティアという海賊が子供を薬物漬けにしていたと分かると、日本政府はもっと積極的に海賊の取り締まりに力を注ぐべきだという論調が国際的に生まれた。

しかし求められるままに応じていたら、日本は翻弄《ほんろう》されるだけされて国力が尽きてしまうだろう。面倒臭いことこの上ないのだ。

実際パウビーノの少年少女を保護した以上、彼らの医療費と生活費は日本が面倒を見なければならない。これも全ては国民の血税で賄《まかな》わなくてはならないのである。

「話は簡単だ。こちら側のことは、余の帝国に任せておかれればよい。その子供達も手に余るようなら我が帝国で引き取るぞ」

「大砲にご興味が？」

パウビーノ＝大砲。これが特地に関わる為政者の認識であった。

「無論。我が帝国は彼《か》の地を安定させる責務を有しているからな。世界が大きく動いている以上、帝国も取り残されている訳にはいかぬのだ」

大砲の利用価値は海軍だけにある訳ではない。今回の事態を受けて特地で生産された大砲の存在を知ったピニャは、その構造と入手方法を早急に調査するよう部下に命じた。

その結果、大砲もパウビーノも数を揃えることはさほど難しくないと分かった。

パウビーノとは、魔力を持っていても魔導師になれるほどではなかった者。つまりはこれまでまったく顧《かえり》みられなかった者達であり、彼らの多くは一般人に混じって普通に暮らしている。それ故に、どれほどの数がいるのかまったく分かっていないのだ。

しかし、常識的に考えれば、魔導師より多いことは確かだ。

碧海沿岸や島嶼部から千人近くの子供達を集められたのだから、帝国全土に声明を出して志願者をかき集めたらかなりの数になると期待できる。

そうした者が鉄砲を持ち、あるいは大砲に配備される。これで今までとは違った戦い方を出来るようになる。

かつて自衛隊と戦った時、帝国軍は一方的に薙《な》ぎ払われるだけだった。

ヘリコプターや、大空を舞う剣などと呼称される航空機の威力は、ピニャ自身がその目で見た。

だから大砲さえあれば力量差が縮まるなどという甘い考えは持っていない。しかし帝国を取り囲む諸外国との関係においては、軍事的優位の確保が期待できる。もしここで躊躇っていたら、他国に先を越されて立場が逆転してしまうかもしれない。

軍事力バランスの変化は、世界の平和を脅《おびや》かすことに繋がる。それだけは避けなければならないのである。

「陛下のお国にお返しするならば、子供達を親元に戻すという名目も立ちましょう。彼らの治療が済みましたら是非ともお願いいたします」

「任せるがよい。ただ、あの者達を引き取って終わりという訳にはいかぬぞ。帝国の改革を更に進めていくには、余は権力基盤をもう少し確固たるものにせねば。そこは日本国政府にも理解をしてもらえるであろう？」

「もちろんです。改革を進めようとする者の前には、いつだって守旧派が立ちはだかるものです。これを押しのけて進むには力が必要だ。力の弱い統治者には何も出来ない。この原則は我が国であっても同じです」

「そこで提案があるのだが、講和条約によって割譲した領土の一部を、我が帝国に返してもらえまいか？」

突然の提案に、高垣は眉根を寄せた。

「へ、陛下。それは、なかなかに難しいことですぞ」

「まあ、仕舞いまで話を聞かれよ」

父の退位に伴ってピニャは帝国の統治者となった。

しかし前皇帝の父は未だ存命中で、帝国政府内に隠然《いんぜん》たる力を持っている。そしてピニャの統治に対しても、守旧派を束ねて父からの助言と称するいらんお節介を焼いてくる。そのせいで帝国の改革は遅々《ちち》として進まないのだ。

帝国はゾルザルと対抗するため、ヒト種以外の勢力も帝国の柱石《ちゅうせき》として招き入れて状況の打破を狙った。その効果もあって、元老院における因循《いんじゅん》姑息《こそく》な守旧派の割合は減った。急進的過ぎる革新派とのバランスを取ることにも成功した。

しかしそれでも全体的にはピニャの権力基盤は弱いままであった。新たな参入者達がピニャを必ずしも支持しているとは限らないからだ。

やはり若いから、あるいは女だからと舐められるのか――一時は、そういう思いにも駆られたが、統治者として何の実績もないということを思い返せば、仕方がないと諦めも付く。平均寿命が二百歳とか三百歳といった長命な亜人種にとって、ピニャはその十分の一も生きてない小娘であることは間違いないのだ。

ならば、どうすればいいか？

例えば、何もしないとか。もし何もしないで現状維持を心懸けていれば、帝国はそれなりに安定するだろう。

運よく平和が続けば、ピニャも賢帝と謳《うた》われて歴史に名を残せるかもしれない。

しかしそれでは帝国がどんどん立ち後《おく》れてしまうのである。

それはピニャの責任感が許さなかった。

皇帝たるピニャには数年先、数十年先を見越して物事を考える義務がある。

そこで今回の領土交渉を思い付いたのである。

もしこの交渉が上手くいって、ピニャが兵を用いることなく、日本に譲り与えた領土の一部を取り戻せたとしたらどうなるだろうか？

　帝国内でのピニャの評価は高くなる。そうなれば、これまでピニャを批判的に見ていた守旧派も少しは考えを改めるのではないだろうか。彼女の改革に力を貸そうと思ってくれるかもしれない。

「しかしそれをきっかけに、失陥した国土全てを回復すべきだという運動が起きないとも限らないのでは？」

「それは大丈夫だ。アルヌス自体は不毛の荒野であった故に、取り戻そうなどと思う者はない。何しろ帝国にとって、日本との交易は、周辺諸国からの追い上げを振り払い覇権国家で居続けるための生命線だ。それを今更断てと主張する者はおらぬ。ただし、領土の割譲範囲を決める際に、地図上で無造作にコンパス《コンパス》で円を引いてしまったであろう？　そのために我が帝国内に住まう諸族が聖地とする――有り体《てい》に言えば記念碑を据えた数カ所までをも、そちらに譲り渡す形になってしまったのだ。それが不味《まず》かった」

　特地の学都ロンデルに住まう研究者ミモザ師の発表によれば、特地に住む人間――ヒト種のみならずエルフ、ドワーフなどの全てが、異世界から訪れた異世界人だという。それらが特地に現れた時、最初に踏んだ大地がアルヌスなのだ。そして彼らの有力者は、今日では帝国の貴族や元老院議員となっている。

「貴国は国境を開いて民の行き来を制限せぬし、安全安寧を保障している故、大きな混乱も起きぬ。諸族も不満を露《あら》わにすることはないが、先祖代々大切にしてきた聖地が外《と》つ国のものとなっている事態は、いささか腰の据わりの悪いことなのだ。そこで、貴国の領土に虫食いを作って申し訳ないと思うが、古の遺跡などの周辺を含めた若干の土地を、飛び地という形ででも構わぬから帝国に返還してもらいたいのだ」

「しかしこれは我が国としても易々と承れる話ではありませんぞ」

「無論承知だ。そこで、領地を交換するというのではどうか？」

「領土交換ですか？　しかし相応に価値が認められるものが対価でないと、国民感情を害しかねません。ピニャ陛下としてはどのような代替地をお考えですか？」

「我が国から差し出すのは、遠方で、不便で、何の役に立つかも分からない、人も住まぬような島嶼の一群で、名をカナデーラ諸島という。ただし、面積だけは返してもらう土地の数倍にもなるだろう」

「そ、そんな⁉」

「こんな二束三文な土地を対価に、祖先の大切な聖地を取り戻せたとしたら、皆はきっと余を褒め称えるだろう。皇帝の権威も上がって万々歳じゃ」

「し、しかし私の支持率は低下してしまいます」

するとピニャは急に声を低くして、高垣の耳に唇を寄せた。

「ところが、カナデーラ諸島には海底油田なるものがある」

「ゆ、油田？」

「欲しいであろう？」

高垣は思わずピニャの姿を見直す。

自分の娘くらいの年齢でしかない女帝は、満面の笑みを浮かべていた。

「カナデーラ諸島は我が帝国の版図に入る国が領しているが、無人島で何の役にも立っておらぬ故、割譲の話を持ちかけやすい。無論、ただで取り上げたりして禍根《かこん》を残すような真似はせぬよ。領主の家格や爵位を陞《しょう》するなどして報いるつもりだ。いずれにせよ、余がその国と円満に話をつける故、アルヌスの一部をこの島と交換するというのではどうだろうか？　おや、どうした？　もしやとは思うが、カナデーラの油田のことを卿《けい》は知っていたのか？」

「じ、実は、お話に上がっている海底油田だろうと思われるものについて、報告を受けたことがございまして」

「ならば話が早い。この油田はな、埋蔵量も油質もエルベ藩王国のものとはまったく違うそうなのだ。それは報告にあったか？」

ピニャは、この海底油田の油質がいかに良いかを語った。

高垣はピニャの声に耳を傾けつつ、昨日の江田島の報告を思い出す。

江田島は中国工作員の拠点からこの情報を記した書類を獲得したと言っていた。そこから考えると、海底油田があるというのは、現地では比較的有名な話なのかもしれない。ただ、現地の技術力や科学力では使い道がまったくないので放置されているのだ。

とはいえ日本政府にとって、この情報が飛びつくほどの価値のあるものかというとそうでもない。何しろアルヌスから遠い海のことだからだ。つまり、他人の土地に埋まっている他人の財宝なのだ。だからこそ高垣は、この情報の使い道を、中国の態度を変えさせる呼び水に使うことにしたのである。

これだけ豊かな資源がこちらの世界にはあるぞと示し、そんな異世界と繋がる日本と対立するよりは仲良くしたほうがマシだと思わないか、と。

ところが、まるで狙ったようなタイミングでピニャから領土交換の誘いがなされた。

高垣としても、これは早まったかもしれないと思った。この油田の存在を中国が知ったからといって、そしてそれが日本のものになる流れが出来たからといって、何が起こるという訳でもないはずだが、何かが気になる。漠《ばく》とした不安を感じてしまうのだ。

「油の質が良いものほど精製も楽なので、採掘『こすと』も低くなると聞いておる。アヴィオン海の油田は最高の性質を備えていると言えるであろう」

皇帝の言うことだからといってさすがに鵜《う》呑《の》みには出来ない。油田については油の質もそうだが埋蔵量や海底までの深さといった情報も必要だと返した。

「い、いずれにせよ、返事は現地をよく調査して慎重に検討を重ねてまいりたいと……」

だがピニャもその程度は当然だとばかりに頷いた。

「うむ。調査ならすぐになされるがよい。そしてこの島の価値を認めたなら領土交換の条件を具体的に検討していこう。それまで余は現地に使いの者を送って地ならしを進めておく」

「は、はい。かしこまりました」

高垣は振り返ると、この件を早急に検討するよう内閣府の政務官に命じたのだった。

＊　　＊

「と、いう訳で、当該海域に存在する海底油田について調査しなければならなくなった。しかも早急にだ」

翌日、江田島は防衛省の統合幕僚監部に呼び出された。

そして潮崎《しおざき》統幕長から、ピニャ皇帝と高垣総理との会談の説明を受けることになった。

軍事組織では上官の命令は絶対だ。ましてや陸・海・空三自衛隊を束ねる統合幕僚長といえば、旧軍の大将あるいは元帥にも相当する存在だ。その言葉は「要請」という形をとっていたとしても絶対命令に等しいのである。

「調査をしなければならないとおっしゃっても、我々は今の任務で手一杯なのですが」

とはいえ江田島も一部門を統括する立場にある。命令だからといって唯々諾々《いいだくだく》と従えない。無理なものは無理と答える責任があった。

「そこは私も承知している。しかしあえてやってもらいたい」

何しろ選挙が近いからなあと誰かが呟いた。

「資源調査なら以前、陸自でやっていたはずですが？」

「かつてはな。だが帝国をはじめ特地諸国との関係が正常化した今、こちらの人員を好き勝手に送り込んで活動させる訳にもいかないだろう？　だから陸地での資源調査活動は、民間企業ベースで外務省との合弁事業という形でなされている」

「では、今回もそちらでしていただいたらいかがでしょうか？」

「君は、海賊が出没している海域に民間調査員を行かせろと？」

江田島もこれには返す言葉がなかった。

「しかし……そもそも海底油田の調査なんてどうやったらよいのでしょう？」

「君達には現地に行って海面の海水サンプル、それと海底の泥サンプルを採ってきてもらいたい。それでアタリを付けたら、現地政府と本格的に交渉に入るという流れだ。その後、調査機材を装備した船を現地に送り込んでボーリング調査（地質等の調査）をする。この時には『はやぶさ』か『うみたか』を護衛に付けることになるだろう」

「しかし我々には元からの任務もあります。海水と泥のサンプルの採取だけとはいえ、やはり私と徳島君の二人だけではいささか過剰業務かと……」

「確かにそうだな。では希望を言いたまえ。君が必要とする人材を必要なだけ付けよう」

「おお！　大盤振る舞いですね」

「何しろ首相からの要望事項だからな。多少無理を言っても咎《とが》められることはないだろう」

江田島は目を丸くした。

以前から人手不足を嘆き、改善を要望しても、予算がどうの調整がどうのとまったく動かなかった状態が一気に解決しそうなのだ。

「それでは、以前からお願いしていた彼を。彼に海水サンプル採取を担当させます」

「よいだろう」

「それと、現地協力者を雇うための資金を」

「もちろん必要だろうな。言い値で付けてやる」

江田島は、統幕長がどんな願いでも叶えてやるぞと言い出しそうな構えを見て驚いた。

思わず声を潜めて統幕長に顔を寄せる。

「なんかお小遣いが欲しいと申し上げても、いいぞと答えていただけそうな勢いですね」

するすると統幕長も笑った。

「必要経費は官房機密費から出してもらえる約束だ。これは内緒だが、小遣いだって名目さえちゃんと付けば支払われると思うぞ」

「いっそのこと、予算不足で節約を強いられている陸・海・空各部隊各艦のトイレットペーパーの費用も付けてみましょうか？　一年分は無理でも半年分はいけるかと」

「おおっ、やってくれるか？」

「ええ、適当な名目を見繕《みつくろ》いまして」

江田島と潮崎は互いにニヤリと悪い笑みを浮かべたのだった。

日本列島西南方面のとある島嶼海域――


月も出ていない夜。

黒い戦闘強襲偵察用舟艇《CRRC》は、水飛沫《しぶき》を上げながら南海の海面を疾駆《しっく》する。

波を乗り越えるたびに舳先《へさき》が跳ね上がり、ボート全体が大きくバウンドし、その都度飛沫が陸上自衛隊一等陸尉伊丹耀司《ようじ》の顔に跳ねかかった。

仮に夏の日差しの下なら「これぞマリンスポーツの醍醐味《だいごみ》！」なんて思うところだが、今シーズンオフの上に夜だ。

真っ暗闇の海。

耳に入るのは、エンジン音と水飛沫が上がる音、そして自分の呼吸音だけ。

慣れないとこれだけで怖じ気《おけ》を感じてしまうだろう。

振り返れば、伊丹と同じようにボートの縁にしがみつく部下達の姿が、水中暗視ゴーグルの緑色の視界の中で微《かす》かに見える。

ドライスーツとスキューバの装備一式、そして八九式小銃で身を固める八人の隊員達だ。

全員顔にドーランを塗りつけ水中マスクを装着しているから人相はよく分からない。だがむくつけき男達ばかりかと思いきや、伊丹の隣には小柄な女性と思われる姿もあった。

「そろそろか」

時計を確認した伊丹は、隣の女性隊員――一等陸曹の栗林《くりばやし》志乃《しの》とともに後方を振り返った。

「準備を始めろ」

合図とともに、全員が身体を起こして装備を互いに点検。更に向かい合って座り、バディ同士で背にしたシリンダーの弁を解放して空気圧をチェック。その量が規定以上であることを確認した。

そしてレギュレーターを口に咥え、空気を問題なく呼吸できることを確認し終えると、CRRCの縁に内向きに腰掛ける。

全てが終わって全員が『準備よし』の合図を出した。

艇長《ていちょう》がエンジンを止めると合図してくる。

栗林が確認するかのように声を掛けてくる。

「!?」

だが、レギュレーターを付けていては音声にならない。だから伊丹は親指を立てて合図を返した。

(いくぞ、みんな)

栗林と伊丹は呼吸を合わせ、左右に分かれて腰掛ける隊員達の胸元を掌で押して海へと突き落としていった。

レジャーダイビングでいうバックロールエントリーの要領だ。

海に飛び込むことをエントリーという。こんなアクロバティックなエントリーをするのは、重たい装備と武器を身に着けて立ち上がるとボートが不安定になってしまうからだ。

そして伊丹と栗林が息を合わせて突き落とすのは重心が片側に傾くことを防ぐため、また惰性《だせい》で進むボートから海中に入った後、バディが離れ離れになってしまわないようにするためでもある。

ほぼ同じタイミングでエントリーすれば、互いの距離も短くて水中で合流しやすいのである。

伊丹と栗林は自分達が最後になるとボートの縁に腰掛け、互いの合図とともにレギュレーター、マスクをがっちり押さえて背中から海面にエントリーした。

真っ暗な夜の海上から、真っ暗な海の中へ。

全身が海水に包まれる。海中でバック転してしまわないよう姿勢を維持する。

ドライスーツを着ていると冷たい海水は顔や耳でしか感じられないから、海水パンツ一つで海に入るのとはまた違った感触になる。

海中における海上との大きな感覚の違いは、耳に入ってくる音だ。

海中では、耳が手で覆われたように全ての音がくぐもってしまう。

そして次第に鼓膜に水圧を感じ始める。

地上とはまったく異なる感覚のため、平衡《へいこう》感覚が狂わされることもある。

そんな時に慌てるとパニックになりやすい。だからしばらくは何もしない。静かに息をしてじっとしている。そして泡がどの方角に上っていくかを見て、自分の身体が上を向いているかどうかを判断することになる。

(前が上、後ろが下)

するとこれまで聞こえなかった泡の弾けるような音が聞こえ出す。呼吸をするたびにレギュレーターから空気の流れる音がするのは安心感に繋がる気がした。

伊丹が暗い夜の海中で中性浮力を安定させていると栗林が早々に現れる。互いに異常がないことを目で確認。その後、伊丹は手首に着けたコンパスで方向を確かめる。

地図で自分がエントリーした位置、目的とする島の方角をチェック。磁石が示す方位を見て予定した方角へと泳ぎ出す。

深度や方角もまた時々チェックする必要がある。

海底が見えない中で泳いでいると、自分が上を向いているか下を向いているか分からなくなる時があるからだ。

潜る深さが深まれば、水圧によって耳抜きの必要性が出てくるため、下へ向かっているのが分かる。だが、耳抜きが無意識に出来るようになっていたりすると、逆にそれも当てにならなくなってくる。

レジャーのダイビングとは異なり海中の景色を楽しむ意図はないから、水路潜入では海面から見えない程度の深さを維持して進む。そうすれば空気の節約にもなる。潜水病対策にもなる。深く潜る必要があるのは海面を船が行き交っていて危険な時くらいなのだ。

空気の残量もチェック。今回は空気の減りが少し早い。

他の隊員達の姿はまだ見えない。だが、視程の短い海中では仕方のないことだ。すぐそこにいても気が付かないことも多いくらいだ。だから集合地点まで進んで待つことにする。

ゆっくり、静かに海水を蹴る。

暗い海中では魚がうようよしていた。

やがて伊丹は、下方へと向けたライトの先に、珊瑚《さんご》と砂で出来た海底を見つけた。

海中では暗視ゴーグルで増幅したとしても遠くまで見通せない。つまり、海底までの深さが数メートルほどになったということ。島に近付いている証拠だ。

やがて海底までの深さが二メートルほどになる。

伊丹は栗林に合図しておいて水面に近づいた。

顔の上半分を水面上に出して周囲を確認。

星空を背景に、島の黒い影を見ることが出来た。波やうねりの上下に身体が翻弄される。

再び海面下に隠れて静かに進む。

そこで銃を取り出して水面に目が出るか出ないか程度の深さで構えるのである。

海底までの深さ約一メートル。

足ひれを外し、流れていかないよう腰に取り付ける。そして両足で立ち上がった。

「うっ……」

これまで感じなかった装備の重さがずしっと感じられた。

波が来るたびにバランスを崩してしまいそうになるが、伊丹は踏ん張ってこれに耐えた。

背後を確認。栗林はちゃんと付いてきている。

伊丹は、油断なく銃を構えつつゆっくり岩間を前進していく。そして完全に海から上がった位置で周囲を見渡した。

岩の陰でしばらく待つ。

すると青白い映像の中で、海面下から他の隊員が上がってくるのが見えた。

「中隊長。全員集合しました」

栗林が人数を報せてくる。

水中用の装備は一カ所にまとめて隠しておく。

「よし、行くぞ」

伊丹は部下達とともに前進を開始した。

岩浜から内陸部へと進んでいったのである。

伊丹達は島の内陸部へゆっくり進んでいた。

上陸して既に五時間が経過。薄明の夜空を背景にうっすらと山の頂きが見えてきている。

「そろそろ最終目的地だな」

誰かがそう呟いた時、突然山向こうから、夜の帳《とばり》を切り裂くようにサーチライトを下方に向けて大地を煌々《こうこう》と照らしたヘリが飛来した。

UH―六〇JAだ。

「なんだ⁉」

「中隊長、敵に発見されました」

これも訓練の一環と思ったのか栗林が報告してくる。

ほとんど同時に全員が素早く散開し、攻撃を受けないように隠れてしまうところはさすがと言えた。

『伊丹一等陸尉はいるか？』

だがヘリはホバリングするとメガホンで呼びかけてきた。

『状況やめ。ただちに状況を中断し、伊丹は姿を現せ！　伊丹一等陸尉はどこだ⁉』

「中隊長を呼んでるみたいですけど」

栗林が言う。

「なんで俺を？」

「どうせ、またなんかやらかしたんじゃないんですか？」

「くりぼう。いくら俺だって、こんなヘリコプターを繰り出してまで捕まえにくるようなことはしてないぞ」

「本当ですか？」

「多分、きっと、いや……もしかしてアレがバレたのかな？　まさか……」

伊丹はようやく立ち上がり、サーチライトの光に己の姿を晒《さら》したのだった。


ＵＨ－六〇ＪＡは近くの広場に着陸した。

機体が安定すると誰かが降りてくる。

「何ですか？」

降りてきたのは、伊丹が会ったことのない二等陸佐だった。

「伊丹一尉、このヘリに乗りたまえ！」

「はい？　今訓練中ですけど!?　それにアンダーウォーター後の二十四時間は、航空機は搭乗禁止のはずで……」

伊丹の部下達も集まってくる。すると二佐は告げた。

「ふん、平均三メートルの深さで、しかもエンリッチドエアを使用している。しかも上陸して既に五時間が経過。ならば問題にはなるまいよ。ただし、演習中に指揮官がいなくなっては部下が困るだろうな。よろしい、では君はたった今、躓《つまず》いて転んで死亡したことにする。そこの一等陸曹！」

「はい」

栗林が一歩前に出る。

「躓いて死んだ指揮官になり代わり、君が指揮を執れ。訓練任務を続行するんだ。その後、計画通りに帰隊して、上官に彼が死亡するまでの経緯を報告すること。いいな！」

「りょ、了解」

栗林は敬礼で応えた。

「で、俺はどこに行くんです？」

「空自の那覇《なは》基地へと向かう。そしてそこから空自の輸送機で東京に向かえ。伊丹一等陸尉は可及的速やかに統合幕僚監部に出頭せよ、という命令だ」

「と、東京⁉　一体何が起きてるんですか⁉」

である。

「緊急任務だ！」

伊丹は混乱も収まらないまま、ＵＨ－六〇ＪＡに乗せられて空へと舞い上がったのである。

伊丹を乗せたヘリは一時間ほど飛行して沖縄の嘉手納《かでな》基地へと着陸した。

「私が案内するのはここまでだ。ここからはアレに乗れ」

二等陸佐が指差したのは空自のＣ－２輸送機だ。既に離陸準備も整っていて後部ハッチを開けて、伊丹が乗り込むのを待っている。

「俺を運ぶために、Ｃ－２を一機待機させてる!?　あ、ありえん」

この大仰《おおぎょう》な態勢に伊丹の生存本能が囁く。このまま言われるままになっていると、大変なことになってしまうぞ、と。だから言った。

「あの、俺、装備とか武器とか持ったままですけど……」

訓練途中だった伊丹は着の身着のまま。つまり未だに水路潜入の装備を身にまとっているのだ。この格好で統合幕僚監部に出頭なんて出来ない。しかも手には八九式小銃があるる。これもちゃんと部隊に返さないといけない。

「気にしなくていい。武器も多分必要になるからな。それと君の着替えならば既に積んである」

「はい?」

伊丹は言われるままC―2の後部ハッチに近付く。

するとロードマスターが待っていたように駆け寄ってきた。

「お待ちしておりました。伊丹一等陸尉。直ちに離陸します。お好きなところにお掛けください」

本当に伊丹一人を運ぶためだけにこんな輸送機が用意されていたのだ。

伊丹は促されてトルーパーシートに向かう。

ずらっとある空席の中から一つ選ぶという行為に若干の引け目を感じたが、腰を下ろした。

「こちらが一尉のお荷物です。中にお着替えが入っているそうです」

ロードマスターが迷彩のバッグを伊丹の前に置く。

「あ、ありがとさん」

誰が詰めたんだろうという思いでバッグを開けてみると、中にはちゃんと制服や戦闘服が新品の下着類とともに入っていた。

この心細やかな仕事は中隊の先任陸曹だろう。

やがて後部のハッチが閉じられてC－2はすぐに離陸した。

その後、伊丹は約二時間半かけて入間《いるま》基地へと到着した。

もちろん運ばれている間に戦闘服は制服へと改めている。海中を泳がせた銃も、しっかりと塩水を拭き取り手入れを済ませていた。

入間からは空自のヘリコプターで移動するという。

「これから、一体何があるんでしょう？」

さすがの伊丹もこのあり得ない扱いを前に冷や汗を掻いていた。

「自分らはまったく聞いておりません」

パイロット達は命令に対してどんな感想を持っているのか、特に示すこともなかった。

そして伊丹を防衛省本省ビル屋上のヘリポートへと運んだのである。


「あ、あの、ご冗談でしょう？」

統合幕僚長から告げられた言葉に、伊丹はこう返さずにはいられなかった。

「冗談を言うために訓練中の君をヘリで嘉手納に移動させ、C－2を使って入間へと運び、更にこの防衛省までヘリを飛ばさせたりはしないぞ。君には可及的速やかに特地へと赴いてもらいたい。そこで海自との共同作戦を行ってもらう」

「作戦とは、具体的にはどんなことでしょうか?」

「臨時編組される統合任務部隊には幾つかの任務が付与されているが、その中でも最優先なのは資源サンプルの採取だ」

伊丹は頭が痛くなるのを感じた。あんな拉致《らち》同然の形で連れてきて、させることがそれかよと思ったのだ。

「でも異動となると、そもそも普通は前もって内示があるもんじゃないんですか? それに中隊の錬成もようやくいい感じになってきていたんで、出来れば中隊検閲までは残っていたいなーって思うんですけど」

「今回は異動を伴わない。緊急で臨時で異例の措置だ」

「資源探査のためにそんなことを?」

「それだけ重要だということだ。それに資源調査は任務の一部分でしかない。最優先であることは間違いないが、他のこともやってもらうことになる」

「でも中隊に迷惑がかかりそうです」

伊丹は理解した。つまりこの陸海共同の作戦とやらは、あまり長期にならないことが想定されているのだ。

「二~三ヶ月君が休んだところで誰も困らんよ。しっかりした部下もいるようだしな。

君とてそう思っているだろう？」

「はあ、まあ」

「任務が終わったら、元の隊に戻ってもらっていい。とはいえ、戻った君がすることは、異動の辞令を受け取ることだけだろうがな」

統幕長の言葉には伊丹も頷いた。

中隊長職に上番して既に二年に達しようとしている。この手の部隊長職は概ね二年が基本だ。従ってもとから異動すべき時期が来ていたと言える。それが今回の緊急にして臨時にして異例の措置とやらによって、数ヶ月早まっただけなのだ。

「後任は誰を予定していますか？」

「よく知らないが、陸幕長は剣崎《けんざき》一等陸尉を推薦すると言っていた」

「奴ですか。奴ならば問題ないでしょう」

剣崎は特殊作戦群で伊丹の同僚だった男だ。

この男も特地から帰ってくると、陸自幹部特有の行政↓教育↓部隊という人事異動を経験しつつ、二尉そして一尉へと昇進していた。

この男、自分が優秀だということを知ってか知らずか、任務や仕事について何かと自分を基準に計画を策定する傾向がある。そのため付き従う部下は大いに苦労を強いられていた。その傾向は、特地での経験を積んで少しは和らぐかと思いきやますます強くなっているのだ。

だが比較的温《ぬる》かった伊丹の後ならば、そのくらいのほうがいいかもしれない。

「委細は了解しました。それで自分は誰の指揮下で働くことになるんでしょうか？」

「うむ。今引き合わせよう」

統幕長はそう言うと電話をとった。副官を呼び出しているようだ。

「ああ、君か。彼を通してくれたまえ」

そして伊丹は懐かしい顔と出会うことになった。

「ああ、艦長じゃないですか！」

江田島一等海佐と徳島二等海曹がやってきたのである。

「伊丹さん。よく来てくださいました。急にお呼び立てして申し訳ありません。驚いたでしょう？」

「驚きました。徳島君も久しぶりだね」

「お久しぶりです」

伊丹は二人の手をとって再会の挨拶を交わしたのだった。

＊　　＊

江田島と徳島は、統合幕僚監部総務課の執務室で待機していた。

伊丹が防衛省にやってくるまで相応の時間がかかると思っていたが、驚いたことに今日の昼頃には到着するという。

「伊丹さん、本当に今日来るんですか？　だって統括が彼の名前を出したのは昨日でしたよね。確かあの人、今は九州だったはずです」

「貴方、自衛隊を何だと思ってるんです？　我が社が本腰を入れたら、この程度のことは出来るんですよ」

「俺、自衛隊ってもっと鈍重《どんじゅう》な官僚組織だと思ってました」

「もちろんそうです。しかし軍事組織特有の上意下達《じょういかたつ》の仕組みがそれを統率していることを忘れないでください。そこが他の官僚機構と違うところです。要するに責任ある立場の人間がその気になれば、大抵のことは出来るんです」

「はあ……」

徳島は歯切れ悪く返事を濁した。

それって、なかなか物事が決まらなかったり動かなかったりすることを、責任ある人間が何もしていないからだと間接的に批判しているだけではなかろうかと思ってしまったからだ。

やがて昼より少し前になった。

「江田島一佐、徳島二曹。こちらにおいでください」

統合幕僚長の副官のそのまた副官が呼びに来た。

自衛隊の統合幕僚長ともなると、その副官でも位が高い。そのため副官にも副官と言える立場の者が付いていたりするのだ。

その副官の副官の案内で、江田島は進んだ。

徳島も斜め後ろを追従する。

赤絨毯の敷き詰められた廊下の先には統合幕僚長室がある。

そしてそこで、懐かしい顔を見ることになったのである。

「伊丹さん！」

徳島は思った。本当にやっちゃったよ、上が本気になった時の自衛隊ってスゲえ。

「ああ、艦長じゃないですか！」

「伊丹さん。よく来てくださいました。急にお呼び立てして申し訳ありません。驚いたでしょう？」

「驚きました。徳島君も久しぶりだね」

「お久しぶりです」

伊丹は江田島、そして徳島の差し伸べた手を握ってくれた。

伊丹は言う。

「まさかこんなところで再会できるとは思ってもいなかったです。でも江田島さんの顔を見て全てを理解しました。江田島さんの差し金ですね……」

「もちろんですとも。今回はかなり高いところからのご命令ですからね、そのご威光は使わなければ損というものです」

「でも、びびりましたよ。訓練中にいきなり来いって、着の身着のまま連れてこられたんですから。沖縄からですよ。しかも本島じゃなくって更に南の島嶼部！」

「なんと！　もしかしてご迷惑を掛けましたか？」

「えっと……まあ迷惑って言えば迷惑ですが、ここまで来るとかえって面白いです。俺としても訓練を途中で抜けられたから得したなあとか思うくらいで――」

さすがに不謹慎っぽい発言が出てきたので、統幕長の副官が注意を喚起した。

「おっほん」

すると統幕長は笑顔で続けた。

「江田島君。君の要望は叶えたぞ。これでいいな」

「もちろんです。他の要望事項についても期待してよろしいですか？」

「任せておけ。少なくとも、バックアップがなかったから満足な結果を出せなかった、とは口が裂けても言わせせんからな。あとの細々《こまごま》とした話はそちらで進めて欲しい」

「了解しました！」

江田島はそう言って敬礼する。そして徳島と伊丹に告げた。

「それでは二人とも付いてきてください。仕事の概要を説明しますので」

こうして徳島と伊丹は、統幕長室を後にしたのであった。

東京大学――

ここは日本が誇る最高学府である。

その卒業生は国内最高の頭脳を持つ集団と位置付けられている。日本国にとって有益な人材を育成するための機関なのだ。

しかし卒業生の中には、問題ある言動をとったり、性格的に破綻していたりして周囲と摩擦を起こす者もいる。例えば政治家になった人物などを調べてみると、与野党問わずおかしな発言をしたり、信じられない事件や問題を起こしていたりとその数は少なくない。

そもそも知能の高さと人格の高邁《こうまい》さとはまったく関係がないということだろう。

さて、そんな奇人の代表格とも言える人材の一人に、養鳴賢九郎《ようめいけんくろう》という男がいた。

この男の言動たるやまったくの傲岸不遜《ごうがんふそん》、奇々怪々《ききかいかい》、自己中心の最たるものなのだが、それでも許されているのは東大の物理学教授であり、かつ最近実在することが判明した異世界とこの世界とを繋ぐ『門』研究の第一人者だからだ。

そんな男の研究所に、なぜか特地の魔導師レレイ・ラ・レレーナはいた。

「レレイ先生。準備できました。見てください」

「――ん」

白衣を着たレレイは、眼鏡のブリッジあたりを指先で軽く押し上げ位置を直すと、前屈みになって学生の肩越しにモニターを覗き込んだ。

腰まで伸びた銀の髪が前に垂れてくるのをさりげなく戻す所作に、傍らの学生は思わず見惚《みと》れてしまう。

耳朶《じだ》には翠玉《すいぎょく》のピアス。首元には、炎龍の鱗《うろこ》を削って作ったネックレスが下がっている。

かつて少女だった彼女も、既に日本でも成人とされる年齢に達した。背丈こそ大して変わってはいないが、銀髪を背中の中ほどまで伸ばし、薄い化粧もして、年齢相応の大人の女性っぽさを演出していた。

もちろん周囲の大学生も同じ年代なので皆の中に紛《まぎ》れてしまえる。

しかし彼女の秀でた知性と能力、そして輝かしい容姿がそれを許さなかった。どれほど大勢の同年代男女の中に立っても、彼女の存在は一目で分かってしまうのだ。

だからだろうか、そんな彼女を女性として慕う男子は多い。

レレイはモニターの中央近くを指先で叩いた。

「この数字が間違っている。直して……」

レレイに肩近くまで顔を寄せられた青年の心拍数は、一分あたり百二十を超えていた。

「あ、はい……」

過《あやま》ちを指摘され、慌ててマウスを操作する。

その間にもレレイは、分厚い耐圧ガラスの向こうに置かれた大型実験機器の部屋へと入っていった。

そこには大型の鋼管《こうかん》がズラリと縦に並んでいた。

高さは大人の四倍ほどだろうか。それが綺麗に並んでいる。その姿はどこかパイプオルガンにも似ていた。そしてその一本一本に沿う形で、楽器のハープのごとく無数のピアノ線が縦に並んでいるのである。

養鳴は機械室の中ほどで学生達を叱りつけていた。

「これっ！　もっと力を込めんか！」

「せえのっ！　ふんんんっ！」

学生達はトルクレンチを渾身の力で牽《ひ》いた。一人では操りきれず二人で引っ張っている。しかし大型のレンチはボルトを緩めることが出来ない。

「もう一度！」

「せえのっ！　ふんんんんんんっ！」

二人の学生の手に力が籠もる。しかしそれでもボルトは動かなかった。

「きょ、教授……無理ですよ」

「そうです。この間の過電流騒ぎの時、座面が溶接した状態になっちゃってるのかも」

「そんなことあるか！　お前さん達のやる気がないだけじゃ！　貸してみろ」

今度は養鳴教授までもがレンチを握って三人掛かりで牽く。しかしボルトはピクリともしないのだ。

「教授、準備できた」

「おお、そうかレレイちゃん。儂《わし》のほうはもうちょっとじゃ、この部品の交換さえ終わればぬぬぬぬぬぬぬぬぬ……」

教授は額に血管を怒張《どちょう》させながら答えた。

レレイが小さく嘆息する。そして言った。

「貸してみて」

「ん？　レレイちゃんには無理じゃ無理」

「そうですよ、レレイ先生！　俺達三人掛かりでも無理なのに」

言いながらも三人はレレイにトルクレンチを預ける。

レレイは目を伏せて小さく喉を震わせながら、ボルト部分に直接触れる。そしてボルトにレンチの尖端《とったん》を嵌めると片手で牽いた。

するとどういう訳か、するっとボルトが緩んだ。

部品が軋む音すらしなかったのである。

「おおっ!?」

「ど、どうやったんです？」

学生達が口々に問う。

レレイはトルクレンチを教授に返しながら言った。

「魔法で座面の摩擦係数を低くした。いわば油を注《さ》したようなもの。それで動いた……」

「すげぇ……」

「魔法ってそんなことまで出来るんだ」

レレイは答えることなく、ぷいっと背中を向けて管制室へと戻っていった。その背中を見送った学生がぽつりと言う。

「教授、『門』の研究もいいですけど、魔法の研究もしましょうよ。せっかく魔法のオーソリティーが側にいて、実演も惜しまずにしてくれてるっていうのに……」

学生達は不満を漏らしていた。

小説、漫画、実写映画、ゲーム、アニメーション……ファンタジーを描く世界において当然のように登場する魔法。それが実在すると知れば、知的探究心のある者なら誰でも知りたい、研究したいと思う。

せっかく特地の教育機関に伝手《つて》のあるレレイがいるのだからと、魔法を学ぶために『門』の向こうへ留学する方法がないかと探っている者もいる。ただし本人に才能がないと魔法は使えないということが分かっているので、踏み切る者がなかなか現れないのである。

養鳴は学生のそんな問いに答えず、あとのことを任せるとレレイの後を追った。

養鳴はレレイに並び立つと言った。

「レレイちゃん。実はのう、海外の研究機関から魔法研究の申し出がひっきりなしなんじゃ……」

「私一人ではあれもこれも同時には出来ない。今は『門』の研究に専念したいから、他の研究をどうするかは教授に一任したい」

「しかし、儂としても困ってしまってのう。どうも連中は、魔法をただ便利な何かだと無邪気に思い込んでおるようなんじゃ。そういう輩に現実をどう説明したものか……」

「識《し》ることと、それを公表することは別」

「も、もちろんそうなんじゃが。この世界では研究成果をあまねく世に知らしめることこそ学徒の使命という考え方が主流なんじゃ。誰かが発見した知識を皆で検証、利用する。科学はそうして発展してきたんじゃ」

実は養鳴もかつて、安易な気持ちで魔法の研究をしようとしていた。

魔法という現象を解き明かし、個人的な才能や特技としてでなく、機械的な、あるいは装置的な方法での再現に挑戦したいと思っていたのだ。

だがある時、ロゥリィという名の少女がやってきて養鳴に宿題を課した。

『魔法の原理をこの世界に発表したらぁ、世界にどんな影響があるかぁ、貴方はぁ考えたことがあるのかしらぁ？』

それが投げかけられた問いだった。

知の巨人を自認する養鳴は、それを挑戦あるいは警告として受け止めた。そしてまずはレレイをはじめとする特地の魔法使いに聞き取り調査を始めたのである。

「魔法とは一体何なのじゃろう？」

「魔法とは、世界の外側にある理《ことわり》を用いて、この世界に様々な現象を引き起こすもの」

彼らは積極的に広めたりはしないが、問われる限りは包み隠さず語った。

この時、実際には難解な表現が用いられたのだが、養鳴は彼らの言葉を銀座側世界で使われている概念に当て嵌めて解釈していった。

「以前、レレイちゃんはこの三次元世界にあるものは高次次元の影だと言っておったな」

「そう」

「つまり高次次元に働きかける術があるということじゃな？」

「その認識は前提から誤っている。私達はこの三次元の時空に縛られている存在ではない。私達の肉体は、私達の本質からこの三次元に映された影」

五感は目や耳や鼻といった肉体に依存しているから、我々はこの三次元空間の檻の中に閉じ込められた形でしか世界を認識し得ない。しかし精神現象――魂――というべきものの根本は、時空の外側に存在している。

第六感が働くのもその時空の外側においてだ。

魔法とはすなわち高次次元から、この三次元の時空に対する干渉である。

だから三次元の法則や理に縛られることもないし、様々な現象を引き起こすことも可能となってくる。

「それって、こういうことですか？」

学生の一人はレレイの説明をこのように解釈した。

この三次元世界を例えるならバーチャルゲーム世界のようなものだ。

そして人間はそこに生きるキャラクターである、と。

更にゲームを例えに使った学生は、こう続けた。

つまりプレイヤーはゲーム機の外に存在している。従って我々人間の本質も時空の外に存在していて、外から影であるアバターを操っているだけなのだ。そして魔法とは、そのゲーム機に外からハッキングするチート行為のようなものだ、と。

そんな風に学生達が早合点《はやがてん》する様子を見て養鳴は愕然とした。

一見正しく思えるが、根本のところで問題を抱えている。その理解だとこの世界は仮想現実に過ぎないという扱いになってしまうのだ。

だからそれは間違っていると養鳴は何度も繰り返した。

肉体がこの時空と上位次元との接点であると何故考えない。人間が内界だと感じている精神世界の広さにどうして目を向けようとしないのか？

しかし養鳴は誰一人として正しい理解に導くことが出来なかった。そして気が付いた。

こんな安直な理解のままに魔法が周知されて、それに裏打ちされた世界観が広まったら、この世界の人間の宗教観、人生観は吹き飛んでしまうだろうと。

養鳴は多くの学生が、ゲームの状況が悪くなった時、リセットボタンを押す光景を見てきた。

「リセマラ」などと称して、自分に都合のよい状況になるまでひたすらリセットを繰り返す者までいた。

そんな者達が魔法を通じてこの世界の構造を『ゲームのようなもの』と解釈したら、きっとこう考えるに決まっている。

「この世界や人生がゲームみたいなもんだっつうなら、リセットすりゃいいんじゃね？」

とんでもない話である。

レレイが語ったように、自分達が高次次元に存在する何かの影でしかなかったとしても、この肉体は高次次元にあるという自分と同等の価値がある。なのに、これではそれを貶《おとし》めた理解になってしまうのだ。

とはいえこの問題が、その程度で済んでいるのは研究室の学生が日本人だからかもしれない。

これがもし「唯一絶対の神が七日間で世界を創り上げたのだ」という思想に固執する者だったら、新しい世界観に対してどのように反応するだろうか。

激しく拒絶して、騒乱すら起こしかねない。

彼《か》の神が何故、己以外に神はなしと信徒達に頑なに信じさせようとするかと言えば、己自身の存在が、実は真理の巨大な力を前に吹き飛ばされてしまう幻想でしかないと理解しているからだ。

「あなたは神を信じますか？」「我が神こそ唯一にして絶対」

その問いや誓いこそが、脆弱《ぜいじゃく》さの本質を物語っている。

本当に実在するならどうして他人から信じてもらう必要があるのか。

本当に存在するのなら、誰にも信じられずともそこにあるはずではないのか。

どれだけ否定されても「きっとそうなんだろうな、お前の中ではな？」と肩を竦《すく》めて冷笑すればよいではないか。

僅かでも疑われたら、いとも簡単に消えかねない。だからこそ戦ってでも、己の存在を否定する者を排除しなければならないのだ。

日本人の多くは、そのことを肌で理解している。

『信じず』とも『識って』いる。『何か』はそこにおわすと。

だから無信仰のように振る舞いつつも、神を受け入れ、行き合ったら拝むことが出来る。

初詣は神社に、結婚式は教会で、葬式は寺で。無節操と言われながらも、それこそが実在する『何か』との付き合い方として理想的なのだと識っているのだ。そしてだからこそ異界の神々は、この日本に『門』を開いたのかもしれない。

「だが、異界の神とやらは、実に淫《みだ》らでいやらしい側面を持っておる」

真理をチラチラと見せつけてくる。科学者の本能を煽《あお》って、扇情《せんじょう》的に誘いをかけてくる。それでいて簡単には触れさせない。近付くことも許さない。

「ぐぬぬぬぬぬぬぬぬぬぬぬぬぬぬぬぬぬぬぬぬ。なんと意地悪なんじゃろうか」

初心《うぶ》な少年を惑わして楽しもうとする年増女のような振る舞いである。しかし真理の力がもたらす惨禍《さんか》を考えると、科学者の本能に身を任せて暴走することも出来ない。自制するしかないのだ。

「……この研究はまだ人類には早過ぎるようじゃ」

それが養鳴の結論であった。

「当面は『門』の研究に専念するのが一番のようじゃな。じゃが、見ておれ。儂は諦めんぞ。いつかその神とやらの鼻を明かしてくれる」

彼に宿題を課した黒い少女は、未だ回答を取りに来ていない。


「よし、実験を始めるぞ。みんな用意はいいか？」

養鳴の合図で、操作室に集まった学生や研究員達が全員ゴーグルを付けた。

それはレーザー光線が何かのきっかけで目に入った時に、網膜を焼いてしまわないようにする対策である。

「レーザー光照射開始」

レレイの合図で学生がコンソールのボタンを押す。

すると、ずらりと並んだピアノ線に沿う形で、下方に向けて青色のレーザー光が発された。

ピアノ線、レーザー、ピアノ線、レーザーと交互に並ぶ光線の列は、さながら前衛芸術のようであった。

「よし、コイル作動」

そして教授の合図で装置が作動される。

「作動します」

レレイと養鳴が共同で開発した装置が、小さな低周波音を上げ始めた。

「出力、七〇パーセント」

学生がボリュームをひねって数値を七〇に合わせる。

すると特殊ガラス越しに機械の状況を観察していた学生が告げた。

「変化――見られません」

「よろしい。八〇パーセントに上げるんじゃ」

操作台の学生が数値を八〇まで上げると、低周波音のうねるような音が大きくなる。

「やっぱり同じです。変化は見られません」

「出力を一〇〇パーセントに」

しかしそれでも変化は起きなかった。

「どうじゃ？」

「何も起きません……」

「うぬぬぬぬ、理論的にはこれで問題ないはずなんじゃが……」

その時、レレイが告げた。

「教授、実験の中止を」

「いや、レレイちゃん。止めてくれるな！　出力を一二〇パーセントにせい！」

「そんなことしたら機材が壊れてしまう」

「かまわん！」

「レレイ先生!?」

学生達が一斉にレレイを見る。

するとレレイは小さく溜息を吐いて頷いた。

「レレイ先生！　どうなっても知りませんよ」

操作台の学生が、ボリュームを最大までひねった。

機械室と操作室を隔てている耐圧ガラスにピシッと罅《ひび》が入る。更に薄い霧のようなものも立ち込めた。

だが同時に、縦に並んだピアノ線だけに変化が起きた。左端から、池の水面に小石を投じたような波紋が広がっていったのだ。

「おおっ！」

学生達はどよめいた。

「出ました。数値は〇・八二五パーセントです」

その近傍《きんぼう》にレーザーの輝きが並んでいなければ気が付くこともなかっただろう。それはごくささやかな変化だった。

「よしっ、空間の歪みが形成されたぞ」

養鳴教授がやったぞーと叫んでいる。

だが直後、機械は狂ったような音を立て始めた。音のうねりが際限なく大きくなり、特殊ガラスがビリビリと震え始めたのである。

「停止、緊急停止！」

慌てて停止するも、耐圧ガラスは粉々に砕けた。

装置自体も火花を上げ、ずらりと並んだパイプが次々破裂していったのである。


オゾン臭の立ちこめた操作室内で養鳴はレレイの手を取った。

「君のおかげじゃ。この成果は君のおかげじゃ」

だがその後ろでは、学生達が慌てふためいている。

「教授、実験機械が、実験機械が！」

「うるさい。んなもん、直せばどうにでもなるわい！」

「そりゃそうですけど、資金が」

「今回のデータと一緒に文科省に予算請求すれば、すぐにでも金が振り込まれてくるわい！　何しろこの実験は国策事業なんじゃからな。データさえ残っていれば……そうだ！　今のデータはちゃんと録れておるな⁉」

「はい。映像も計測数値もバッチリです」

操作台の学生がサムズアップしてくる。それを見て養鳴は満足げに言った。

「よし。今日は飲みに行くぞ！　実験が上手くいった祝いじゃ。儂が奢る！」

「やった！」

教授の奢りと聞いて、学生達は歓喜の声を上げた。

「レレイちゃんも行くじゃろ？」

「レレイ先生も一緒に行きましょうよ！」

教授と学生達が口々にレレイを誘った。中には、この流れなら言えるとばかりに、レレイちゃん好きだーなどと気安く呼びかける者までいた。

しかし、その時である。ドアを叩く音がした。

「ちっ、管理人か。また、うるさいだなんだと言うんじゃろうな。誰か適当に相手しておけ。儂はデータの確認で忙しい」

「しょうがないなあ」

学生の一人がドアを開ける。だがそこにいたのは管理人ではなく、制服を着た自衛官であった。

「レレイ、います？」

「えっ⁉」

「あっ……ヨウジ」

訪れた男を見たレレイが、駆け寄って親しげに声を掛ける。

しかも笑顔だ。あの表情の少ないレレイが、光線の具合の錯覚でもなく明らかに自衛官に微笑みかけていた。

しかも距離が近い。ほとんど抱き付くような距離だ。

「どうしたの？」

「これから特地に行くことになったんだ。どうする？」

「決まっている。私も行く」

この光景に、養鳴研究室一年目の男子学生達はショックを受けた。

「だ、誰、あれ？」

「レ、レレイ先生が笑ってる」

自分達とほぼ同じ年齢。それでいて養鳴が一目置く知性の持ち主。更には皆の目を惹く透明感のある美貌。

男どもは誰もがレレイとお近付きになりたい。交際したい。よい関係になってムフフなことをしたいという欲望を疼《うず》かせていたのだ。

隠し撮りをしたレレイの写真データは、学生達の間で金銭でやりとりされているほどだ。

それだけに研究室内では、レレイに自分のことを記憶してもらいたい、意識してもらいたいと思う男達が、日々暗闘と牽制に明け暮れていたのである。

対する女子学生の反応は冷ややかだった。彼女達はそもそもレレイのような人材に意中の相手がいないはずがないと考えていたのである。

だから伊丹が現れると、ああやっぱりねと頷いた。

いささか年上であることが意外だったが、同時にそのくらいの大人でないと優秀なレレイとはバランスが取れないだろうとも納得した。

ところが、養鳴の反応は彼らとはまた違っていた。

「むっ、貴様！　者ども、出あえ出あえ、そやつは儂らの敵じゃ。追い出すぞ！」

養鳴は便所の掃除用具『きゅっぽん』を片手に、伊丹を迎え撃とうとした。

レレイの手首を掴んでぐいっと伊丹から引き剥がす。そして、この人攫《ひとさら》いめ、この子は絶対渡さんぞという勢いでその背にレレイを隠した。

「きょ、教授。敵じゃないですよ。こちらは伊丹さんですよ！」

研究室に入って二年目以上になる学生は、既に伊丹と面識があったりする。

「だから敵なんじゃぁい！」

「どうして？」

「こやつはな、現れるたびにレレイちゃんを連れ去ってしまうんじゃ。おかげで儂の研究はその都度滞《とどこお》ってしまうんじゃ」

きゅっぽんの黒い尖端を向けられた伊丹としては、苦笑を禁じ得なかった。

「レレイがいないと滞っちゃうような研究なら、もう養鳴教授の研究とは言えないような気がするんですけど」

「言ったな、お主！　口にしてはならんことを言ったな！」

学生の一人がぽつりと零す。

「まあ、あながち間違ってないよな」

「なんか言ったか、貴様!?」

「いいえ」

養鳴に睨まれた学生は慌てて口を噤む。

実を言えば、伊丹も忙しいレレイの状況を見て、特地行きの仕事に誘うのを遠慮したことがあった。だがその忖度《そんたく》は非常に悪い結果をもたらした。

レレイに拗《す》ねられ怒られ、二度としないことを約束させられてしまったのだ。だからこそ伊丹も、こうしてレレイに声を掛けたのである。

スマホに連絡するのではなく、実際に足を運んだのは、この研究棟が電波を遮断するようになっていて他に方法がなかったからだ。

「レレイ。これからすぐに行かなきゃいけないんだが？」

「すぐに行く」

レレイはこくりと頷く。

「ちょっと待て！　レレイちゃん、研究をほったらかして行ってしまうというのか⁉　せっかく実験に成功したというのに！　ほ～ら、データじゃぞー。これを解析すれば、更に多くのことが分かるかもしれんぞー」

するとレレイは言った。

「実験機械は壊れてしまった。修理には時間がかかる。その間、何も出来ない」

「で、データの検証と考察があるじゃろう」

「教授でも出来る」

「う……」

するとと助手が現れて言った。

「無理ですよ、教授。あの人には敵いっこないです。あの人は、いつだってレレイ先生の最優先なんですから」

この女性は、レレイが研究室に出入りするようになってから影が薄いが、長年養鳴を支えてきた研究室の最古参でもある。

「うわーん」

冷たい現実に打ちひしがれた養鳴教授は、声を大にして泣いたのである。


「ほえー、ここがレレイちゃんの家ですか？　俺、初めて来ましたけどでかいですね」

徳島はワゴン車のフロントガラス越しに白い建物を見上げて感嘆の声を上げた。ハンドルを握る彼の目にはなかなかの豪邸に見えたのだ。

いや、実際に豪邸である。

「あいつ、どうも集合住宅の類《たぐ》いは性に合わないらしくて」

「あの歳で一戸建ての家を建てられるなんて凄いですね。しかも下北沢ですよ」

後部座席の伊丹は笑った。

「レレイは金持ちだからなあ」

レレイは特地と日本の商品取引を一手に取り仕切っている日本アルヌス商事（旧アルヌス協同生活組合と日本の商事会社が合併して作った）の大株主の一人である。

レレイは、その株式配当だけで働かずに豪遊できるほどの年収を得ている。

しかしレレイの商才を惜しんだ経営陣は、レレイに戻らないかと何度も声を掛けていた。過去の経緯は水に流して共に会社を大きくしていきましょうと。しかしレレイは、今は魔導師として学究《がっきゅう》の日々を送りたいと断り続けていた。

ちなみに、アルヌスに集《つど》ったかつての弟子達は、レレイの下で学ぶ時期を経て、それぞれがロンデルで修士や博士号審査を受ける準備を進めていた。

徳島達が待つことしばし。

レレイはかつての導師服に装いを改め、魔法使いの杖を片手に家から出てきた。

背には旅の必需品を詰め込んだ帆布《はんぷ》製ダッフルバッグを背負っている。髪は後ろで束ねてポニーテールだ。

その姿を見た徳島は、素早く運転席から降りると後部座席のドアを開けた。

「どうぞ」

「ありがとう」

レレイは徳島に礼を告げると、ワゴン車に乗り込んだ。既に後部座席には江田島と伊丹の二人が乗り込んでいる。

「お待たせ」

「いえいえ、全然待ってなんていないよ」

そんなやりとりの間に、徳島はレレイの荷物を後部の荷室へと納めていく。

そこには伊丹と江田島の装備が山のように置かれている。よく見ると、銃や武器の類いまであったりする。それらが車内で転がったりしないよう徳島はしっかりと荷物を並べた。

「それでは行きますよ」

「次はどこに？」

「もちろん、『門』です」

徳島は運転席へと戻る。そしてワゴン車を発進させた。

目指すは銀座である。そこでもう一人の美少女と合流し、『門』を経てアルヌスへと向かうのである。

＊　＊

テュカは左腕でコンパウンドボウを構えた。

握るというよりは、突き出した腕に弓をぶら下げると表現したほうが正確だろうか。そして矢を番《つが》えた弦を引き絞る。

長い髪は邪魔にならないよう後ろでアップにしている。

指先に細い弦が食い込んでいく感触。こちらの世界にはリリーサーを使う者が多いようだがテュカは長年の習慣で素手だ。

滑車を通じて弦に力が籠められるほどに、腕や背中の筋肉に心地よい緊張が走っていく。そして弦を自分の鼻先へと食い込ませた。

五十メートル先の的《まと》をスコープ越しに見る。

見る。観る。視る。

呼吸を静かに抑えていき、心と体と意識の全てが的に向かった瞬間——右手指の屈筋《くっきん》を緩めた。

放たれた矢は鋭く風を切りながら、スポーツ用の標的中央を貫いたのである。

ロドの森部族マルソー氏族。ホドリュー・レイの娘、テュカ・ルナ・マルソーは流れるように過ぎゆく毎日を楽しんでいた。

精霊種エルフとは無限ともいえる寿命を持つ種族だ。それだけに、変化に欠ける日々をのんびりと過ごすことには慣れている。

ロゥリィのように主神から使命が下されることもないし、レレイのように好奇心と探究心に追われることもない。ただ時間の流れに浸ることをよしとする。そういう生き方こそ至高のものと考える種族なのだ。

テュカの場合は、あくせく働かなくてもよいだけの不労所得があるというのもその生活を支えていた。

少し時代がかった言葉で彼女の社会的な位置付けを表現するならば、『遊民』となるだろう。現代用語を用いるのなら、「引きこもらないニート」になってしまうかもしれない。

「だ、誰がニートよ！」

仕事もせず、家事労働にも従事しない存在を意味する言葉に含まれる蔑視の感情をしっかりと受け止めたテュカは、ぷうと唇を尖らせた。

「……でも、テュカさんって、特に働いてるとかじゃないんですよね？」

「そりゃそうだけど……」

アーチェリー場に定期的に通うようになれば、そこを利用する人々のコミュニティに加わることになる。そこで何度このやりとりを交わしたことか。日本人の持つ、働かざる者人間にあらずという感覚が煩わしくなる瞬間だ。

通う射場を変えるのもいい加減面倒臭くなったので、こう答えるようになった。

「あたしはこっちの言葉で言う、有閑《ゆうかん》マダムって奴なのよ」

有閑マダム――力のある便利な言葉であった。

そこには、有職既婚女性が『ただの主婦』に対して放つ悪感情の籠もった蔑視線すらも跳ね返す鉄壁の防御力が備わっていた。

テュカは早速それを利用させてもらったのだ。

「その若さでマダム？」

テュカはどう見ても十七、十八歳だろうという外見だ。髪をアップにして奥様風にしてはいても、マダムという歳でもなかろうにというのが人々の感想だった。

「あたしエルフよ。だから見た目よりずうっと年上なの」

国会で年齢を暴露した時のことなど覚えている人は皆無であった。

「いくつ？　いくつ？」

「内緒」

「旦那さんは？」

既婚者だと主張する以上、配偶者の存在を問われるのは当然だ。そこで夫は特別職国家公務員で今は九州に単身赴任中だと語った。

別に嘘ではない。もちろん婚姻届の類いは出していないが、伊丹とは魂が深く結びついている（とテュカは固く信じている）し、精神的には結婚しているも同然だからである。

「へぇ。旦那さん留守なんだ」

言葉だけでは真実味に欠けてしまうから、時々こちらに帰ってきた伊丹を誘い出して二人でいる姿をあちこちに見せつけていた。

「へぇ、これがテュカさんの旦那さんなんだ」

時折、レレイやロゥリィ、挙げ句の果てにヤオまで混ざってしまうから説明に窮《きゅう》することもあったが、それも適当に誤魔化しておいた。

すると、同種の境遇にあるご婦人方のコミュニティからお誘いを受けたり、何かを勘違いした男が馴れ馴れしく近付いてきたりして対処に苦労することもあったが、黄金の髪や笹穂耳《ささほ》が幸いし、外国人枠（異なる常識の人達）に含められたらしく、これらの煩わしいお誘いから距離を取ることに成功したのである。

とはいえ、面倒な人間関係の全てと完全に無縁になれた訳ではない。

テュカが住むタワーマンションには様々な人間がいたし、ご近所さんと呼ばれる存在もいた。彼ら、彼女らは何かと口実を作ってはテュカに好奇心をぶつけてくるのである。

「これ、作ってみたんだけど、一緒に食べない？」

家のベルが鳴り扉を開けてみたら、ご近所の女性達が三人ほど立っていた。皆同じフロアの主婦達だ。

手作りのお菓子と称していろいろと持参されると、さすがに門前払いという訳にもいかない。

「いらっしゃい」

歓迎してない気持ちを押し殺し、笑顔で受け入れ、茶なり入れて出さねばならない。

そして相手が飽きるまで、無駄話と愚痴話と痴話に付き合わされるのだ。

彼女達はまず、テュカが何をしているのかと探りを入れてきた。

そこで伊丹を夫とするカバーストーリーを語って何とか納得させる。すると今度はテュカの外見年齢の話題に移った。

「本当に若いのね。高校生か女子大生でも十分に通用するわよ」

「っていうか、未だに旦那さんがいるなんて信じられないんだけど」

「あたしって、そういう種族だから」

「羨ましい……」

「いいことばかりじゃないのよ。見た目が若いから何かと見下されたりするし」

「それはもう、しょうがないと諦めるしかないわね」

「そうそう。『若さ税』って感じ？」

「そんなの嫉妬の裏返しだから気にすることなんてないわよ」

そこからはもうネバーエンドな雑談が繰り返された。

主婦達はテュカから特地のことを聞きたがった。

みんなはエルフの生活文化に興味があるようだった。

彼女達は特地をメルヘンチックな世界だと思っているらしく、テュカの話をあたかも物語のように聞き入っては楽しんでいたのだ。

その一方で、彼女達がテュカの前で口にすることといえば、近在する住民の噂話、しかも階層カーストにまつわる話であることが多い。

どうもタワーマンションでは、高層階に住んでいる人ほど偉いという雰囲気があるのだ。

テュカは特地で奴隷や民族の違いによって発生する問題と日常的に接していたため、階層カーストなんてものを知ると、「なんでそんなことが理由になるのかなあ？」と思って呆れた。

しかもその内容は、聞けば聞くほど微妙なのだ。

どうやら上層階の人々の言の葉には、「私は貴女より、立場が上なのよ」というメッセージがさりげなく仕込まれているらしい。

これをマウンティングと称するのだとか。

テュカとて人間だからそういった部分とまったく無縁という訳ではない。

差別とまではいかなくても、自分の価値観から判断した醜悪《しゅうあく》と思える存在や行為に対する蔑視感情もある。

とはいえ日本に住んでいる人々はほとんどが同じ種族なのだから、いちいち誰が上だとか下だとか気にする必要ないのに、と思ってしまうのだ。

だが日本ほどに進んだ国に住まう人間の間でも、他人を見下すネタを探さないではいられないという事実を思い知ると、そこに人間の業《ごう》を感じてしまうのである。

以前、こんなことがあった。

「あら、美味しい。でもこの香りは知らないんだけど……」

ハーブティに詳しいというお隣の美玲《みれい》さんが、テュカの出した香茶を飲んで首を傾げた。そして彼女は自分の記憶にあるハーブの名前を次々と並べていった。

だが正答に辿りつけず大いに悔しがったのである。

「当然よ、だって特地の香草だもの」

テュカはすぐに手品の種明かしをした。

「向こう側にどんな葉があるか、凄く興味があるわ」

好奇心剥《む》き出しでにじり寄られると、見せてやらない訳にはいかなくなる。そこでテュカは特地から持ってきている様々な香草をテーブルに並べた。

「いい香りね」

主婦達はカラカラに乾いた葉っぱを鼻先に持っていって匂いを嗅いでいた。

「この葉は、精神を安定させる働きがあるわ。こっちの葉はよい夢を見ることが出来るの。こっちは疲れた時に効果的よ」

「アロマセラピー？」

「ううん、精霊の力が宿っているのよ」

テュカは精霊について簡単に語った。

精霊魔法を使うテュカにとって、精霊についての知識は必須である。

「これってどこで手に入るの？　幾らくらいなの？」

ハーブが趣味だという美玲は、かぶりつく勢いでテュカを質問攻めにした。

「残念だけど、こっちには特地の香草を扱っている店はないわね」

テュカは特地と日本の様々な物品の流通を取り仕切っている商社の大株主である。そのため、特地からこちらに売られている商品にどんなものがあるかについては詳しい。

「今度、向こうに行く機会があったら採ってきてあげる」

買ってきてあげる、ではないところがミソかもしれない。

するとやはり同じフロアの住民である可憐《かれん》が言った。

「向こうの土産物屋とかでは売ってないの？」

「香草を専門的に扱っている店は、アルヌスにはないかもしれないわね。あっても、ものの凄い量を買い込むことになるわ」

特地の消費者の生活スタイルだと、生活必需品は大量に買い込む。

食料品や嗜好品ともなると自分が消費する何ヶ月分、半年分、時に一年分くらいの量を買い込むこともあるのだ。

そのため小売りの店舗でも、一抱えもあるような大きな包みが並んでいることが多い。香草もそんな扱いをされているので、土産物としては持ち帰りにくかった。

さて、こんな会話をしてから半年もすると、特地の香草が日本で小分けにして販売されるようになった。しかもテュカの説明した効能を謳い文句にした、健康茶葉として。そのパッケージには可愛い精霊のイラストまで描かれていた。

「ありがとう。貴女のおかげよ」

可憐が夫共々手土産を持って挨拶に来た。可憐の夫が勤める会社が、この商品を取り扱うことになったのだという。

彼女は胸を張って茶飲み友達のテュカや美玲達に告げた。

「漫然とそこにあるものを珍しがっているだけじゃ駄目なのよ。私みたいに、こういう誰もが欲しがるようなものを見つけたら、すぐに飛びつく先見性がないとね」

香草はかなりの売れ行きらしく、可憐の夫はめでたく会社で昇進した。そしてタワーマンションの更なる高層階へと部屋を買い換え転居していった。

他人から見下されてブチブチと文句を言っていた側から、見事見下す側になったのだ。

「……そんなことじゃ駄目よ」

「●×でなくっちゃ」

「あなた、■○したほうが良いわよ」

そして今では立派なマウンティング・ワード使いになり、階下に住まう者達から陰口を叩かれている。

テュカは頭が痛くなった。

「呆れた」

とはいえ、おかげで愛飲している香草をわざわざ摘みに行かずとも済むようになったし、彼女が株を持っている会社の株価も上がったのだから感謝しなければならないのかもしれない。


さて、そんな毎日を送っていたテュカのスマホに伊丹からメッセージが入った。

一読したテュカは、機関銃のような勢いで返事を打ち込んでいく。そしてそれを終えるとすくっと立ち上がった。

「どうしたの？」

それは例によって主婦達の話に付き合っていた時だった。

皆はテュカの変わりように驚き顔をしていた。

「ごめんなさい。急に用が出来ちゃって、これから出かけるの」

だからここでお茶会は終わり、解散しますとテュカは宣言した。

「なになに、何があったの⁉」

「聞くだけ野暮ってもんよ。顔を見れば分かるでしょう？」

「ああ、旦那さんか！」

この時のテュカは、よっぽどいい表情をしていたに違いない。

「東京に帰ってくるの？」

「うん。けど、すぐに特地に出張するんだって」

テュカは答えながらもどんどん片付けをしていく。

本来ならば主婦達も席を立つべきだろう。しかし後々の話の種にしたいのか、一向に立ち上がろうとしなかった。ギリギリまで話を聞いていくつもりらしい。

「あんまり一緒にいられないなんて残念ねえ」

「ううん、少しも。だってあたしも一緒に行くことにしたから！」

「一緒に特地に行くの？」

「だって『門』の向こうは、あたしのホームグラウンドだもの」

テュカはテーブルの片付けを終えると、続けて旅支度を始めた。

長いこと家を空けたら腐ってしまうような野菜や生物は、ちょうどよいとばかりにその場にいる主婦達に押しつけていく。

そしてテュカが次に始めたことを見た主婦達は、目を剥いた。なんと弓と矢を引っ張り出してきたのだ。

弓は近代的なコンパウンドボウ。だが、矢には返し鏃《やじり》と動物由来の羽が付いていた。

明らかに戦闘用のそれを見て、主婦達の目に怯えの色が混じった。

「そ、それって向こうで使うの？」

「うん」

「向こうでも練習する……とかじゃないよね？」

「もちろんよ」

「と、特地って……そんなに危ないの？」

「こっちみたいな気分でいられないのは確かね」

続けてテュカはナイフを取り出し、錆びていないかの確認を始める。

日本国内で所持の許された限界ギリギリのサイズだ。

これも飾り彫刻が施された観賞用刀剣などではなく、実戦本位に作られた無骨《ぶこつ》な刀身が付いていた。

ダマスカス紋様が入っていて、血溝《ちみぞ》まで付いている。

ちなみにレイピアのような刀身の長いものは、日本本土では所持できないので特地の家に保管してある。

「あ、貴女も、戦ったりするの？」

「そうしないと生き残れないもの」

「だ、誰かを……き、傷付けたりしたこともあるの？」

「敵ならね」

彼女達は心のどこかで、テュカのことを綺麗なだけのお人形さんだと思っていたのかもしれない。

どんな話をしてもニコニコとしているだけだから侮《あなど》っていたとも言える。だからこそお茶会の駄弁《だべ》り場に茶の間を提供させても平気でいられたのだ。

だが、生き物を害するための凶器の扱いに慣れたテュカの姿を見たことで、これまで見てきた彼女が実態のほんの一部分でしかないと悟った。

特に彼女が口にした『敵』という単語の持つ響きが違った。

重くて冷たくて鋭いのだ。

それに対して自分達が日常的に口にする『敵』という言葉の軽さは一体なんだろうとすら思った。

主婦達にとって敵とは何だろうか。

無意識にマウントを取ってくるタワーマンション上層階に住む連中が敵だ。

陰口を叩いたり、自分のエゴを傷付けようとする者が敵だ。

親とか姑《しゅうとめ》とか、姉妹兄弟とか、学生時代の同級生とか。言うことを聞いてくれない夫や子供を敵だと感じる時もある。

実年齢が幾つになるか分からないけれど、高校生のような若さを保ち続けるエルフ女を敵だと感じたこともあった。

綺麗なサラサラロングの金髪や、日本人以上に綺麗な肌を見て、敵だと感じない女性はいない。

一枚板の大きなテーブルと椅子が置かれたこの茶の間を見て敵だと思ったこともある。

日本では手に入らない美しい宝石類を持っているのを見て敵だと思ったこともある。

彼女が高級なティーセットを普段使いの食器のように扱っているのを見て敵だと思ったこともある。

要するに、いとも簡単に敵認定するのだ。

もちろん殺したりはしない。

心の中で包丁で刺したり、毒を盛ったりするところを想像したことはあるが、それでも実際に殺したりはしない。そこから先は出来ないからだ。

しかし異世界の美女はサラッと口にした。

敵ならば――と。それが普通のことでしょ、と言わんばかりだった。

それはつまり、テュカに『敵』と見なされたら、このテーブルの上に並ぶ凶器の数々がいつでも自分達に向けられる可能性があることを意味するのだ。

普段いとも簡単に他人を敵認定している主婦達は、他人もきっとそうだと思い込んでいた。

「だ、旦那さん、貴女がそういうことしたことがあるの、知ってるの？」

「もちろん。一緒に戦った仲だもの」

「だ、旦那さんって自衛隊のヒトだっけ？」

「そうよ」

「そっか。戦争してたんだもんね……」

銀座事件では多くの日本人や観光客が亡くなった。

主婦達の知人や縁者にも犠牲となった者がいる。

『門』の向こうでも大勢の犠牲者が出たということは皆が知っている。

戦争。それは敵と味方に分かれて殺し合うという、まったく異なる価値観が支配してしまう状況のことだ。

「き、気を付けて行ってきてね」

「そ、そうよ。気を付けて行ってらっしゃい！　帰ってくるの待ってるからね」

「だ、旦那さんによろしく」

主婦達は懸命にアピールした。なぜそんな熱心なのか本人にも分からないほど無自覚に、自分達は敵ではありませんと主張したのである。

きっと多分、フレンドとか友達といった言葉の重さをこれほど感じたことはなかったに違いない。

すると、テュカはニッコリと笑って答えた。

「うん、行ってきます」

その笑みをどう解釈したらいいか分からないまま、主婦達はこれでお暇《いとま》することにした。

すっかり旅支度を調えたテュカは、手を振りながら肩を竦めた。そして自らも荷物をまとめると銀座へと向かったのである。

01

アトランティア・ウルースには様々な船がある。

用途別に分ければ、漁船、貨物船、貨客船、客船、そして王城船、迎賓船、農業船等の施設船、栈橋船、船渠《ドック》船などの港務船や軍船などなど。その大小様々な船が集まって群れ《ウルース》を成しているのだ。

いずれの船も、船であるがため最低限単独で大海原を航海できるように造られている。乗組員が食事をし、寝るための機能も最低限は調っている。だから乗組員は、そこで生活の必要を満たすことが出来るのだ。

しかし、船縁を寄せ合ってウルースを形成すると、船を持たない人間も現れる。行商人や旅芸人といった流浪生活を送る者や、あちこちから賞金を懸けられたならず者などが来訪することもある。元から海上生活を送っていた者でも、子沢山が過ぎたりすると口減らしが必要になることもある。船に乗っていても船長とそりが合わず喧嘩別れする者もいる。様々な理由で船から降りる者が現れるのだ。

そうした者達には住まいがない。寝る場所がなく、食事を摂る場所もない。するとそれを見た船主の中から、それぞれの持ち船が得意とする機能を外来者に提供し、対価を求める者が現れ始めるのである。

大きな厨房と広い食堂を有する船は料理店となり、快適な寝室を持つ船は宿船として営業するようになる。

誰だって窮屈な寝台よりも広い寝台のほうが居心地よいし、狭《せま》っ苦しい台所で作った料理よりも、大鍋で作った料理を広い食堂で食したほうが美味《うま》く感じるものだ。おかげでアジトを失った中華人民共和国・人民解放軍総参謀部二部・戦略工作部四局十四処に所属する人民解放軍海軍陸戦隊の黎紫萱《レイ・ズシェン》二級軍士長も、程なく身を寄せる場所を見つけることが出来た。

かつてのアジトがあったところからさほど遠くない船群に、宿船を経営している中型船を見つけて投宿《とうしゅく》したのだ。

資金はアジトに火を放つ前に金庫から持ち出してあった。

金庫には、二人ならば数年は遊んで暮らせるだけの金・銀貨が蓄えられていた。

だが、黎は慎ましく二人で一つの個室を借りた。

石原がロゥリィ・マーキュリーにぶん殴られた際の怪我が酷く、歩くことはおろか身を起こすことにも苦痛を訴える有り様だったからだ。

この面倒を見るには、雑魚寝《ざこね》に等しい大部屋ではとても不可能だったのだ。

個室を二つ借りるという方法ももちろんある。しかしこうした環境で、金のある奴と見られるのは危険だ。何しろ周囲にいるのは、海賊行為に良心の呵責《かしゃく》を覚えない者ばかりなのだから。というより、このアトランティア・ウルースにおける文化や価値観で考えれば、誰の庇護《ひご》も受けてないのに物や金を持っている奴がいるなら、そこから奪うのは当然、むしろ何もしないほうがおかしい——ということなのである。

そのため黎は業腹《ごうはら》ではあったが、怪我をした夫を看病するため仕方なく乏《とぼ》しい資金を遣《や》り繰《く》りして一室を借りた健気な妻、という演出までした。

そして横たわる石原に包帯を巻いてやり、口に食事を運んでやり、排泄《はいせつ》のためにトイレへと連れていってやる。そんな生活をなんと七日間も続けてしまったのである。

そして八日目になって、ようやく石原も一人で動けるようになった。

「イシハラ、これからどうするつもりだ」

「これからのことは……これからだ」

その返事を聞いて黎は待ってやることにした。

「そうか」

傷が痛くてさすがに考え事どころではなかったのだろうとよいほうに解釈したのだ。そして何か思い付いたら、いずれ石原から言い出すに違いないと期待した。

だがそれから更に七日間が過ぎてしまった。

「おい、イシハラ。そろそろどうするか決めろ」

この頃には石原もすっかり以前と同じように動けるようになっていた。

着替えて余所の船に出かけたり、船倉に行ったり、トイレに行ったりも出来る。しかし石原は日がな一日ぼやっと舷窓《げんそう》の外を眺めていた。

舷窓から見えるのは隣の船の船体。防舷物《フェンダー》。舫《もや》い縄に鎖。そして舷梯《げんてい》。その程度のものしかないのだが、何が楽しいのか石原はそんな窓の外の光景ばかり見ていたのだ。

「イシハラ、聞いているのか？」

「何の話だ？」

「あのな、任務をどうやって遂行するかに決まっているじゃないか！　お前はここに残って一人でも続けるって言ってただろう？　だから私も付き合ってるんだぞ！　お前の面倒を見てやったのもそのためなんだぞ！」

「そういえば、そうだったなー」

「そうだったなー、じゃない！」

黎はテーブルを拳で叩く。木で出来た食器やジョッキの類いが床に散らばり転がった。

石原はそれを拾いながら言った。

「けどなー、任務は『この特地世界を混乱させろ』だろう？　んなの、どうすればいいかなんて思い付かないよ。テロでもするのか？」

「テロなんかしても混乱するのはウルースだけだぞ。この世界全体を混乱させることにはならん。そんなことをするくらいなら、爆弾の造り方とかをあちこちにばら撒く方法のほうがいい。これまでもそれで上手くいっていたんだからな」

「で、あの愛の女神様に殺されろと？」

「うっ……」

黎は思い出した。

黒ゴス神官服を着た少女のごとき死神の姿を。背筋がぞっとする瞳の輝きを。

あの自称愛の女神が、小さな拳で石原を宙に舞わせるほどの威力のあるパンチを放ったのだ。そして陳上尉をはじめとするギルド内の仲間達を皆殺しにした。

あの暴神を相手に、黎一人で対抗できるとはとても思えない。

「あちこち転々と移動しながらというのはどうだ？」

「そんなこと以前からずっとやってたじゃないか？　それでも愛の女神様はあんたらを

見つけ出したんだぞ。さすがだよ。やっぱ神様っていうだけのことはある。天網恢々疎《てんもうかいかいそ》にして漏《も》らさず。何もかもお見通しなんだ。だからそんな方法は止めておこうぜ、黎？ 他の方法を考えよう」

「だったらどうすればいいと言うんだ？」

「だから今それを考えてるんだろ？ 別にすぐにでも資金が尽きそうって訳じゃないんだから、お前は黙って待ってればいいんだよ」

特にこれという代案を持っていない以上、黎もそれ以上強くは言えなかったのである。

更に七日が経過した。

「黎、俺はどうすればいいんだろうな？」

今度こそ問いかける前に話しかけてきたと思ったら、そんな弱音を吐かれてしまい黎は深々と嘆息した。俺の舌はまだあるか……などと古代中国の縦横家蘇秦《じゅうおうかそしん》のようなことを言っておきながら、この男は結局三週間もの時を無為《むい》に過ごしたのだ。

「お前にホンのちょびっとでも期待したのが間違いだった」

実を言えば、表面では馬鹿にしつつも、この男なら何かしてくれるかもと期待していたのだ。

しかし蓋を開けてみたらこれである。呆れるを通り過ぎてがっかりしてしまった。人間、相手に対する期待がなくなると、何をされても腹すら立たなくなるらしい。黎も今の石原を見ても何も感じなくなっていた。

仕方ない。もうこいつをほっぽって故国に帰ろう。そんな風に決心しかけた瞬間、石原が言った。

「そうつれない態度を取るなよ、黎。俺だって毎日策を練ってはいたんだぜ。その結果、計画の構想くらいなら幾つかあるんだ。ただなあ、それを実行するとなると、片付けなきゃならん課題が山ほど出てきてな」

「言ってみろ。構想があると言うのなら」

どうせこれが最後だろうからと耳を貸してやることにした。

「その方法はだな……どこかの国の王に近付いて隣国との戦争を起こさせるってもんだ」

「ふ〜ん。それで」

「国同士が戦争を始めたら、あっちこっちの国にその戦争に参加するよう唆《そそのか》す」

「ふ〜ん。それで」

「それをひたすら繰り返すんだ。そうすれば、あっちも戦争こっちも戦争という状態だ。

特地は大混乱に陥るだろ？　俺達は任務に成功したって訳だ」

「確かにそうだな。うん、お前の言う通りだ。素晴らしい！　なんて冴《さ》えた奴なんだお前は！　……で、どうやってどこかの王に近付くんだ？」

「そうなんだよ、それが思い付かない」

さあ、聞くべきことも聞いたし、帰るとするか。黎はそんな思いで立ち上がった。

するとと石原が黎の腕を捕まえた。

「ちょ、ちょっと待った、待った！　どうして立ち上がる？」

「国に帰るんだ。こんなところにいても無意味だからな」

「なんで⁉　せっかく策を考えたのに⁉」

「現実味のない策に何の価値がある？」

「何てことを言うんだ⁉　俺の考えた策がまったく無駄だというのか？」

「その通りだ。下手の考え休むに似たりと言うだろう？　お前の考えは、その最たるものだった」

「ひってぇ……言うに事欠いてそれかよ。それが、一生懸命考えた人間に対する仕打ちかよ。頑張った人間を労《ねぎら》う優しさはお前にはないのかよ⁉」

「ない。そもそもどこの為政者が、いきなりやってきた一市民に面会を許す？　そして

「その言葉に耳を貸す？　あり得ないだろ？」

黎は自分の国の国家主席を思い浮かべながら言った。

彼《か》の人物が、親しくもない民間人の面会に応じ、しかも進言に耳を貸す？　あり得ない。だから余所の国の指導者、ましてや国王ともなればあり得ないという感覚らしい。

「そうでもないんだぞー、歴史を見ると、高い身分にあるとか要職に就いてるとか、そういう立場じゃないのに国政に影響を与えた例って山ほどあるんだぞー。ロシア皇帝の友人グレゴリー・ラスプーチンとか、ヒトラーに影響を与えたっていうトゥーレ協会とか、イギリスの国王エリザベス一世の占い師ジョン・ディー、最近だと大韓民国の前大統領の友人とかいう胡散《うさん》臭いシャーマンもそうだな」

どこかで聞いたことのある名前、あるいはまったく知らない名前を次々と並べられると、黎も売り言葉に買い言葉の勢いで言い放った。

「そうかよ！　だったらお前、占い師にでもなったらどうだ!?」

すると石原は想像していなかったリアクションを見せた。

「なるほど……その手があったか！」

「はあ？」

「よし、黎。行くぞ」

石原は立ち上がる。そして黎の手を取ると、宿の主人に「ちょっと出かけてくるよ」と告げて甲板に上がったのである。

「お、お前、どこに行こうとしてるんだ？」

「だから占い師のところだよ」

「なんで⁉　なんで⁉」

黎はよく分からず、混乱するまま石原に手を引かれて進んだ。

「ねえねえ、君達。この辺で腕のよい占い師知らない？」

石原は宿を出ると、そこいらにいる少女を見つけて声を掛けた。十代後半くらいの三人組は買い物帰りなのか、手籠に食品や衣類らしきものを詰め込んでいた。

「う、占い師ですか？」

突然声を掛けられた少女達は、みなびっくりした表情をしている。

「そう、占い師だ。出来れば、お貴族様とかお偉い人も相談に行くような、凄腕だって評判のある占い師がいいんだけど？　君達知らないか？」

少女達は困り顔をしている。

それは当然であろう。いきなり見知らぬ男に声を掛けられ、占い師を知らないかなんて問われてもどう答えていいか分からないに決まってる。

だが、三人の中の一人が石原の後ろに立つ黎の存在に気付くとにっこり笑った。

「ははぁ……分かった。二人の縁とか、将来生まれてくる子供の性別とか、そういうのを見てもらいたいんでしょう？」

すると他の少女も安堵したのか言葉を続けた。

「そ、それだったら、ヴェスパー様がいいんじゃない？」

「うんうん。お貴族様の奥方様とかご令嬢も相談に行くってくらい評判だし」

石原はニンマリと笑った。

「その人、有名な人？」

「すっごく評判の高い方よ。とても素晴らしい的中率なんですって」

「そっか。ヴェスパーか……で、その人がどこにいるか知ってる？」

少女達もさすがにヴェスパーの居所までは把握していない。

しかしこのウルースのどのあたりに占い師が集まっているかくらいは説明してくれた。

ならばその近くまで行って、改めて付近の住民に尋ねればいい。

「ありがとよ、お嬢さん達」

「おじさんも頑張ってね！」

「お姉さんお幸せにね～」

何を誤解したのか、少女達は別れ際に手すら振ってくれたのである。


「おい、貴様。本当に占い師のところに行くつもりか？」

「もちろん」

「だったらお前一人で行け」

「なんで!?　どうして!?　任務のためにしていることなのに、お前が付いてこなくてどうするんだよ！」

「そもそもだ、占い師なんぞに会って何が出来るんだ？　どうしたらこの国の王様に会えますかと尋ねるつもりか？」

「おお、その手もあるな！」

「呆れた……いや、呆れを通り越して感心したよ、お前のその行き当たりばったりなお気楽加減には！」

「何を言ってるんだ。占い師になれって言ったのはお前じゃないか！」

「そ、それはそうだが……」

「よく聞けよ、黎。どんな形にしても、俺の策を実行するには縁ってものが必要なんだ……占い師になってそれが手に入るならそうする。その評判の高い占い師に会って、占い師になるにはどうしたらいいかと尋ねて、実際に占い師になって、そしてお貴族様の奥方だの令嬢なんかを紹介してもらう。俺達を売り込んでもらうんだ」

「そして？」

「で、そのお貴族様の後押しをもらって王様に会うって寸法さ」

「なるほど……」

黎は頷いた。今までの石原の策は『まったく現実味がない』ことだったが、『もしかしたら上手くいくかもな』程度には可能性を感じたのだ。とはいえ、この作戦は口から出任せのペテンに全てを託すことになる。それは黎のような軍人には受け入れがたいことだった。

「何もしないで考え続けているより、いろいろと試行錯誤することのほうがよっぽどいいことだと思わないか？」

「……まあ、無為に過ごすより遥かにいいのは確かだ」

「だったらさ、とにかく行ってみようぜ、やってみようぜ！　結果的に無駄かもしれない。けど、何もしないでぐだぐだ言っているよりはマシだろう？　なあ、試してみようぜ、俺達の運って奴をよ！」

「まあ……確かにそうだが」

黎もさすがにこれ以上は否定しなかった。

根底には、その気になればいつだって故国に帰れるという前提がある。

この男に全てを任せてどうなるかを見守って、ああやっぱり駄目だとなってから帰ることにしても遅くはないのだ。

「まあ、それまでは手伝ってやるか」

黎もそこまでは譲歩することにした。


さて、石原と黎はウルースの中でも治安の悪い、ならず者ばかりの船区へと入った。

そんな中で「占い師はどこだ!?」とあちこち尋ね回る石原の姿は、幾分か奇異に見えたに違いない。近付かないほうが良さそうな危うさ、みたいなものが感じられた。おかげで強盗、物乞いの類いも寄ってくることはなかったのである。

「あっちだよ」

指差された方向を見ると、船の甲板には割とカラフルな天幕が張られていた。

どうやらここにヴェスパーとかいう占い師が店を構えているらしい。

天幕の前に立ってみる。だが、叩く扉もないので石原はしばし躊躇った。どうやって来訪を告げるべきか分からなかったのだ。

するとと黎が苛立たしそうに石原を押しのけると、入り口と思われる幕布をガバッと開いた。

「誰かいるか⁉」

「はーい」

すると三つ目の美女が出てきた。

「あんたが占い師のヴェスパー？」

石原は尋ねる。三つ目なんて神秘的でいかにも占い師のように思えたのだ。

しかもすこぶる付きの美女で、スタイル抜群、妖艶《ようえん》で神秘的で魅力に満ち溢れている。

名前が男性名であることなど少しも気にならなかった。

しかし三つ目女性は、ごめんなさいねと言わんばかりに悲しげな表情をした。

「違うわ。あたしはヴェスパー師の助手。ミスラっていうのよ」

「そうか。これからヴェスパーに会えるかい？」

「うーん……いることはいるんだけど……何かとお忙しい方だから。今日もこの後お約束でいっぱいなのよ」

すると黎が一歩前に出て言った。

「なんとかしろ」

「どうしてあたしが見ず知らずの人間の頼みを聞いてあげないといけないの？」

言いながら顔を背けた三つ目美女は、額と左の瞼を下ろしている。しかし一つだけ開いた目はチラチラと石原を見ていた。

そのアイコンタクトの意味を敏感に悟った石原は告げた。

「俺と賭けをしないか、三つ目のお姉さん」

「賭け？」

「俺達は占い師様に会えない、に銀貨一枚だ」

石原は銀貨一枚を取り出した。

「その賭け乗った！　ちょっと待ってて、師のご都合を尋ねてくるから」

三つ目美女は、そう言い残して天幕の奥へと入っていったのである。

「見ろよ、あの凛とした後ろ姿、歩く時の腰のくねり具合がたまらんねえ」

「ったく、男って奴は。ちょっと見た目のいい女が出てくるとデレデレしやがって」

「お前だって悪くはないんだぜ。首から上は六十五点の地味系だが、首から下は九十点くらいだ。もしその乳を揉ませてくれりゃ、俺はいくらでもお前にデレデレしてやるんだぜ」

「閉嘴《だまれ》！」

しばらくすると三つ目美女が戻ってきた。そして石原が手にしていた銀貨を親指と人差し指とで摘み取ると言った。

「入っていいわよ。ヴェスパー様が会ってくださるって」

その際に「ありがとう、あたしの勝ちよ」と囁く。もちろん満面の笑みを浮かべていた。

「それはよかったね」

石原も思わず笑顔になったが、その瞬間足の甲に激痛が走った。

「ぐあっ！」

「鼻の下が伸びてるぞ」

黎がむすっとした表情で天幕内部へと入っていく。石原は痛い足を手でかばい、ケンケンしながらそれについて行った。

三つ目美女の案内で、石原と黎は内部へと進む。

天幕内は特異なデザインの幕布が何重にもぶら下がっていた。石原達はその都度重くて分厚い絨毯のような幕をめくり、そして潜《くぐ》って進まなければならなかった。

これだけの枚数を潜ると、なんだか特別なところに紛れ込んでいくような気分になってくる。

日本でも、神社などで朱色の鳥居が千基近く並んでいると、その向こう側がなんだか日常からかけ離れた世界に感じられる。それと似たような感覚かもしれない。この仕掛けもまた占い師の神秘性を演出しているのだろう。と同時に、相談事の内容を外に漏らさない効果もあるに違いなかった。

「あっ、ちょっとここで待って」

ミスラは幾つもの幕を抜けたところで、石原達に一旦立ち止まるよう求めた。

分厚い幕布の向こうで誰かが話をしている気配がある。そこに占い師がいるのだろう。

やがて幕の向こうから女が出てくる。前の客に違いない。その女はチラと石原達のことを見ると、足早に外へと出て行ってしまった。

「またのお越しをお待ちしてまーす。さあ、次の方、どうぞ」

石原達は幕布をたくし上げて中に入った。

そこは六畳ほどの空間になっていた。

その真ん中には水晶玉らしきものが置かれている。そしていかにも占い師といった風貌の男が立っていた。

なかなかの美形だ。年齢は予想よりも若くて、石原とそう大差ないようだった。

「あんたがヴェスパーさんかい？」

「ふむ……初顔だな。ここに何を求めて来た？」

占い師は、石原と黎をじろじろと見ながら問いかけた。

「ちょっと相談したいことがあって」

「ここに来る者はたいていそうだ。占い師とは相談に乗るのが仕事だからな。座るがよい」

言われて、石原と黎は腰を下ろした。

そこで石原はおもむろに切り出した。

「俺は成功するだろうか？」

占い師は呆れたように言った。

「質問が漠とし過ぎていて何も分からんぞ。そもそも成功するとはどういう意味だ？何を欲してどのような結果を求めている？　さあ、話してみろ。砂時計の一粒は、時に砂金の一粒よりも貴重となるのだからな」

だが石原はがっかりした表情をした。

「あんた占い師だろう？　風水がどうのこうの、星回りがどうのこうの、そこにある水晶玉を覗き込んだりして運勢を占うんじゃないのか？」

「もちろんそうだ。しかしそんな問いでは神秘の水晶とて何を映し出していいか悩むだろう。それにな、ぶっちゃけここにある水晶玉はただの飾りだ」

「えっ？」

「こんなものを使うのは、客の心を捉えて感心させるための演出でしかない。私の占いはもっと複雑で精妙《せいみょう》なものなのだ」

「驚いたな、占い師がそんなこと客にぶちまけちゃっていいのか？」

「もちろん誰にでもこんな話はせん。相手を見て言ってる」

「つまり俺達は話してもいい相手だと？」

「そうだ。少なくともその女との将来を占えとか、生まれてくる子供の性別を当てろとか、そういうことを求めて来ている訳ではないのだろ？　お前達はもっと具体的な何かを求めてここに来た。そうだろう？」

「もちろんそうだが……」

「少なくともお前は、何の計画も策も持たずに、ただ栄耀栄華《えいようえいが》を請い願うような俗物ではない。それくらいは、水晶や絵札に頼らんでも一目で分かる。そもそもそんないい加減な願いが叶うほどこの世界は都合よく出来てはおらんしな。さあ語るがよい。お前の計画を。お前は何を求めて、このヴェスパーの元へと来た？」

占い師の覗き込んでくるような顔を見て、石原はニヤリと笑った。

「驚いたな。こいつは俺の同種かもしれん」

「だから先ほどから言っておる。そんなことは顔を見ただけで分かるぞ、と」

「分かった。あんたがぶっちゃけて話してくれたからには、俺も腹を割って話そう。実は俺には計画があるんだ」

「お、おい、イシハラ」

黎は肘で石原の脇腹を突《つつ》いた。この手の策謀を軽々《けいけい》に他人に話していいはずがない。

「大丈夫だ、黎。お前にとっちゃ、こんなの単なる与太話なんだろう？」

「そ、そりゃそうだが……」

「実はな、ヴェスパーさん。俺はこの舌一つで天下を獲りたいと思ってるんだ」

その言葉を聞いた瞬間、黎は石原の脳にウジでも湧いてるんじゃないかと思ってしまった。

＊　＊

「やったぜ、これで第一段階は突破したな。黎、お前のおかげだぞ」

石原がはしゃいでいる。

だが、その横で黎は頭を抱えていた。

「はっ、何を言ってるんだ。そんなものに財布の中身を半分も差し出して、我々は騙されているかもしれないんだぞ！」

占い師は石原の計画を聞くと、しばらくの間、腹を抱えて笑っていた。

そして何が気に入ったのか分からないが、面白そうに身を乗り出し珊瑚玉《さんごだま》を渡してくれたのだ。その薄紅色の珊瑚には精緻《せいち》な彫刻が施されている。それが美しい紫の紐に繋がっていた。

これは何かと尋ねたら、迎賓船に立ち入れる身分証だという。

王城船に隣接する迎賓船は、貴族達の酒宴に使われているから、これさえあれば招かれずともいつでも紛れ込めるという。

「まさか、そんなものを？　どうして？」

「俺にも身分のある後援者がいる。その女がいつでも訪ねてきてくれと俺に渡したのだ。お前はそれを使って自身の才覚に全てを託してみるがいい。さすれば栄光を掴むことが出来るかもしれんぞ」

それが占い師の託宣《たくせん》であった。

ただし、こんなやり取りもなされた。

「そんな貴重なものを貰ってもいいのか？」

「もちろんお代は頂くぞ。誰が無料でくれてやったりするものか」

「黎……頼む」

石原は相棒を振り返る。

「仕方ない」

黎は肩を竦めると、財布からリバ金貨を数枚取り出したのである。しかしその時、占い師は人相を凶悪なモノに変えた。

「その程度か？　お前達はその程度の価値しかないものに、自らの栄光への道を託そうとしているのか？」

「本物かどうか分からないものに大枚を払えと？」

「黎……頼むよ」

黎は舌打ちする。そして財布に手を突っ込むと中身を鷲掴みするようにして金貨銀貨を引っ張り出した。そして数えもせずに占い師の掌に載せた。

あまりに勢いよく載せたものだから、掌から貨幣が数枚ぽろぽろと零れ落ちたが、占い師も黎もまったく気にした様子がなかった。

「占い師。これで足りるか？」

「もちろんだとも、女。枚数を数えようとしない気前のよさが気に入った」

二人の足下では、せせこましくも石原がコインを一枚一枚拾い集めている。

占い師が黎の気前のよさを褒め称えた直後だけに、何とも言えない気まずい空気が流れてしまった。

「……」

「………」

犬のように右に行ったり左に行ったり、そして全てを拾い集め終えて占い師の手に載せた。

「ありがとうよ。世話になった」

石原と黎は退出しようと幕布をめくる。

するとと占い師が告げた。

「二人とも、それを使って貴族共の宴に紛れ込むのは構わん。しかし、身なりだけは整えておけよ。人間は見た目が大事だ。立派に見える人間が口にする言葉なら、大したことがなくとも立派な金言に感じられ、みすぼらしい姿の人間が口にする言葉なら、どれほどの真理でも無価値に聞こえるものだからな」

「あんたがそんな格好をしてるみたいにか？」

「そうだとも」

　占い師の天幕を後にしながら石原は言った。

「豪華な服を売っている店を探さないといけないな」

　傍らでは、黎が珊瑚玉を見て不満そうに眉根を寄せていた。

　こんな小さな珊瑚に全財産の半分を託してしまったが、どう見ても胡散臭過ぎると思っていたのである。


「ヴェスパー。どうして珊瑚玉をあの男に渡したの？」

　三つ目のミスラは、占い師ヴェスパー・キナ・リレに尋ねた。彼はアトランティアの女王《ハーラム》レディを愛するが故、帝国貴族としての地位も、前皇帝の隠し子という立場も全てを捨てこのウルースまでやってきた。高貴な雰囲気と端整な容姿が幸いして占い師として成功し、今では女王《ハーラム》レディにも有用な助言を与えていた。

「既に計画は佳境に入っている。あのような男、いてもいなくても大勢に影響はないからだ。ただああいう男がいると、いろいろと面白くなりそうな気がしてな」

「本当に？　いやぁよお。あんなののために予定してない方向に話が転がっていくのは」

「別にそれでもよいのではないか？　そもそも貴様にとっては、状況が混沌としていけばいくほどいいんだろう？」

「そりゃ、そうだけど……」

「それにレディの周りは人材が不足している。ああいった野心家が身近に一人でもいれば、もしかすると役に立つかもしれん」

「でもよかったの？　珊瑚玉を渡してしまって」

迎賓船の厨房には、王城船に繋がる秘密の通路がある。

あの珊瑚玉があれば、その通路を使ってレディ女王《ハーラム》の執務室や私室にまで誰にも見咎められることなく行くことも可能なのだ。

つまりレディの寝室の鍵にも等しい。というより、レディはほとんどそのつもりでヴェスパーに手渡したのである。なのにそれを見ず知らずの男に渡してしまうのは、レディを裏切ることになるのではないかとミスラは危惧していた。

「ふん、秘密の通路のことさえ教えなければ、あれは迎賓船への入場証に過ぎん。それにあんなもの後生大事に持っていたところで、私が使うことはない」

「あんた……女王《ハーラム》を愛してるからこんなところまで来たんじゃないの？」

「だからといって、あれと深い仲になるつもりはない」

「どうして？」

「お前には分からんかもしれないな。男にはそういう愛し方もあるのだ」

「レディはホント、可哀想ね」

「どうした？　今更情が湧いたと言うのか？　お前にとっては、私もレディも、そしてティナエやこのウルースすらも、ただの手駒なのだろう？」

「う〜ん、情が湧いたと言えば湧いたかもしれないわね」

その時、突如として、ヴェスパーの幕舎が縦に切り裂かれた。

占いのための聖域が、突如として外界と通じたことに、さしものヴェスパーも驚いた。

「な、何事だ⁉」

「見ぃつけたわぁ、こんなところにいたのねぇ」

切り裂かれて作られた外界への通路。そこから漆黒のゴスロリ神官服を纏った少女がハルバートを担いで踏み入ってきた。

「き、貴様、何者だ⁉」

ヴェスパーが誰何《すいか》するも、黒い少女は答えない。というより相手にされていなかった。

彼女が輝く双眸《そうぼう》で捉えたのは、男ではなく、女だったからだ。

ミスラが後ずさる。それまでの占い師の助手という雰囲気は吹き飛んでいた。

「ロ、ロゥリィ・マーキュリー。ど、どうしてここに？」

「ほんとぉ、こんなところまでどうして来るハメになっちゃったのかしらぁ？　一体誰のおかげかしらぁ？　堕神《だしん》カーリー、全てはあんたが元凶ってことでいいのよねぇ？」

「くっ……何もかもが私のせいってことではないわよ！」

「けど、原因であることに間違いはないでしょう？」

ロゥリィ・マーキュリーはニタリと微笑んだ。

「どうしてくれようかしらぁ」

ロゥリィは、ハルバートを高々と掲げる。

「ふんっ！」

渾身の力を込めて床を叩き割らんばかりに振り下ろす。だがミスラは片手を上げていとも簡単にそれを受け止めた。

「くっ……」

ロゥリィが舌打ちする。

ハルバートを再び掲げ上げ、今度は横に振る。だがこれもまた受け止められてしまう。

暴風にも似たロゥリィの連続斬撃を軽やかなステップで躱し、払い、受け止めた。そして突き出されたハルバートのピック部分を掴む。

ロゥリィがいくら引いてもビクともしない。

ハルバートが三つ目女の片手でがっちり固定されてしまったことを確認したロゥリィは、ニンマリと感心したような笑みを浮かべた。

「やるわね」

「そりゃ、陸神前のヒナ鳥なんかに負ける訳ないでしょう？　堕ちたとはいえ、私は神なのよ」

「でもぉ、亜神だから神に敵わないとは限らないわよぉ。いかに神とて、人間の身体に潜り込んでいれば、その力は自《おの》ずと制約を受けるんですからねぇ。それにぃ……今のわたしぃはただの亜神ではないのよぉ」

ロゥリィはそう言うと、左手を胸の中央部に当てた。

爪で胸を切り裂き、中に手を入れる。そしてプチプチと繊維の千切れる音をさせながら、胎内から鮮血色の大剣を引き抜いたのである。

それは鞘たる我が身から、大剣を引き抜いたようにも見えた。

「そ、それは、血剣《けっけん》ディーヴァ⁉　エムロイの使徒たる貴様がどうしてそれを⁉」

「さぁ、カーリー。滅《めっ》しなさい！」

狼狽《うろた》えたミスラは、ハルバートを放り出すように離す。しかしロゥリィはハルバートとディーヴァの二つを左右の手に持ち、三つ目美女へと迫った。

「くっ！」

ミスラは背中を向けて走り出す。

しかしロゥリィは逃がさない。素早くディーヴァを振り下ろすと、刃は三つ目女の背中を深く抉《えぐ》った。

「くっ⁉」

ミスラが前のめりに転がり倒れたところに再びハルバートを振り下ろす。凄まじい衝撃とともに斧刃をその身で受けたミスラは、崩れるようにへたり込んだ。

肩口に開いた傷口からは大量の血液が噴出している。

「く、さすがはエムロイの秘蔵《ひぞ》っ子《こ》。けれどこの程度で勝ったとは思わないことね……」

ミスラは最後の力を振り絞るようにして、引き裂かれた天幕から飛び出していった。

大怪我を負っているとはとても思えない俊敏さだった。

「待ちなさぁい！」

ロゥリィもその後を追って幕舎を飛び出す。しかし三つ目美女の姿は既に見えなくなっていた。

「海にぃ？」

舷側から身を乗り出してみれば、レノンの三つ目美女は波間に潜るように消えていったのである。

ロゥリィは海面下を見下ろして悔しそうに舌打ちした。海面下は他神の領域、ロゥリィには踏み込むことが出来ない。

しかしその時、海に飛び込む者がいた。

「聖下、此《こ》の身《み》が！」

ダークエルフのヤオ・ロゥ・デュッシである。ヤオが荷物を置いて海に飛び込み、海面下に没したミスラを追っていった。

ロゥリィは忠良な友人にして篤実《とくじつ》な信徒であるヤオが海面下に潜っていくのを見送ると、傍らにいる男を振り返った。

「お前があのカーリーの傀儡《くぐつ》ねぇ？」

漆黒の亜神に睨まれて、ヴェスパーは返答に窮する。

明敏《めいびん》な知性を持つヴェスパーだが、さすがにこの事態がどういうことなのか理解できず、しばらく唖然《あぜん》としていたのである。

＊　＊

翌日、石原は迎賓船に向かった。

ここでは毎日のように酒宴が行われている。レディ女王《ハーラム》が主催の酒宴ばかりではない。大臣や宮廷の有力者が宴を催す際にもこの会場は使われているのである。

その迎賓船の入り口となる舷門《げんもん》手前で、石原はやってくる者達の姿をじっと観察していた。

このウルースでは、貴賓の乗り物はもっぱら奴隷の担ぐ輿《こし》だ。中には徒歩でやってくる者もいる。甲板の狭い通路を道代わりにしているウルースでは、徒歩であるからといって身分が低いと見下されることはないのである。

彼らは舷門で門番の兵士と一言二言会話を交わす。何かを見せているようで、それを門番が確認した上で客を通していた。

「どうした、イシハラ？　中に入らないのか？　せっかく貰った珊瑚玉の効用を試してみようじゃないか？」

どうせそんなものは偽物で、入り口前に立っている門番に見せたら即座に放り出されるだろうと黎は言う。彼女はその瞬間を見るのが待ち遠しくてたまらないらしい。放り出された石原がその時どんな顔をするのかが楽しみだ、と隠そうともせずに口にしていた。

だが石原は、占い師から渡された珊瑚玉が本物だと疑っていないようだった。

「今日は様子見だ。ここに集まってくる連中がどんな服装をしているか見ておかないとな」

「しょうがないな」

その無邪気さに呆れつつも、黎はスマホを取り出して門前の光景の撮影を始めた。もちろん中華製スマートフォンだ。

「そんなもの持ってきてたのか？」

「電話やメールは使えずとも、いろいろと便利な機能があるからな」

スマホなら通信回線が接続していなくても、近くのスマホに写真やメッセージを送れる機能がある。それが誰かの尾行や警戒任務にとても役立つのである。

「テレビやAMラジオ、それとFM通信といったかなり広い範囲での通信傍受も可能だ」

「まるでジェームズ・ボンドの秘密道具みたいだな」

「そうさ。カメラにだって赤外線の暗視機能やらサーモグラフィといった機能がある」

黎はそれらの機能の一つを用いて宮廷に出入りしている連中の服装を撮影した。

それを見た石原は、「ここで撮影しててくれ」と告げると迎賓船の舷門へと向かった。

「お、おい。何をしている？ イシハラ！ 今日は観察するだけじゃなかったのか？」

黎が呼び止めるのも聞かずに、石原は舷梯を渡ると気安い態度で門番の兵に声を掛けた。

「やあ、ご苦労さん」

「何だ、貴様は？」

門番は腰のカトラスを抜く。だが石原は愛想のよい笑顔を崩さなかった。

「すまんが教えてくれ。今、ここを通ったお偉いさんは、どこのどなたで、なんて名前だい？」

「何故そんなことを訊く？」

「まあ、聞いてくれ。俺には仕えている旦那様がいてな――といっても、最近ちょっとばかり羽振りがよい程度の商人で、お貴族様との付き合いはそれほど深くはなってないんだが――で、その旦那様のお嬢様が今、ここに入ったお偉いさんの従者に懸想《けそう》してしまったみたいなんだ。それで、俺にその男の名前を聞いてこいと言う」

石原が後ろを指差す。

門番がその方向に視線を送ると、黎が立っていた。

そのむっとした表情が、役立たずの使用人に苛立っているようにも見えて、石原の言葉の真実味を裏打ちしたのである。

「んなこと、俺達の知ったことかよ？　そもそも俺達がどうしてお偉いさんの従者の名前まで知ってるって思うんだ？」

「だろ？　俺も彼女にそう言ったんだよ。けど、従者が仕えているご主人の名前くらいは聞けるだろうって言うんだ。だから仕方なくこうして俺がやってきたって訳さ」

「主人の名前を知ってどうする？」

「お嬢様のことだ。きっとそのご主人のお屋敷船を見張って、懸想した青年に接触するつもりなんだろうよ」

言いながら石原は、賄賂《わいろ》として銀貨を門番に差し出す。

二人いるから、当然一人ずつに同じ額だけ手渡した。すると門番は突然気安い態度になった。

「はぁ、お前も難儀な主に仕えちまったな」

「ええ、でもこればっかりは仕方のないことですからねえ」

三人は小さく笑った。

「しょうがねえ、教えてやるよ。今、入られたのはラキ船団のチプロ様だ」

「チプロ様ね。ありがとう」

「もう、二度と来るなよ。ここはお前みたいな奴がうろうろしていいところじゃないんだ」

「分かってる。でもなあ、明日も来てしまうかもしれない。明日だって宴会があるんだろ？」

「いや、明日は安息日だから宴会はない。あるのは明後日だ……って、なんでお前、そんなことを聞く？」

「ここに来ればまた会えるかもって、お嬢様が思ったりしたらね。必然的に俺も連れ回されることになるからなあ」

「なら、チプロ様のところでその懸想の相手とやらを見つけろよ」

「頑張ってみるよ。それじゃ、ありがとうよ！」

石原は門番に手を振りながら舷門前から離れたのである。

こうして、次回の宴会がいつ開かれるかの確認を終えた石原は、ウルースで衣料品を扱う店へと向かった。

このアトランティア・ウルースでは、出来合いの服を吊るしで売るという小売りシステムはまだ確立していない。そのため新品の衣服を手に入れるには、仕立ててもらわなければならないのだ。

しかし採寸から縫い上げられるまで相応の時間がかかることもあり、一般の市民のほとんどは古着屋で既製品を買うことが多かった。

古着といってもそれほど馬鹿にしたものでもない。貴族や上流階級に属する者も古くなった衣類を手放すし、そもそもここウルースは海賊の国でもある。あちこちから略奪された衣類が大量に集まってくるのだ。

「主人、見た目が立派に見えそうな服をくれ」

「こんな感じはどうでしょう？」

店の主人はとりあえず店先に並べてある中で比較的程度がよさそうな服を指差した。

「こんなんでは駄目だ。もっと見栄えがよくってお貴族様に見える服がいい」

「あんたが着るのか？」

「悪いか？」

店の主人は奥に入って衣装櫃《いしょうびつ》を引っ張り出した。

その中に貴族向けの衣類が入っているようだ。

実際蓋を開けてみると、なかなか色鮮やかで豪華な飾りがちりばめられた衣装が入っていた。

「うーん、これじゃバカ殿みたいだ。こっちは品がない」

何着も試着したが、なかなか御眼鏡に適《かな》う衣装はなかった。そして幾つも幾つも箱を開けさせて衣類の山を作り、ようやく石原の気に入るものが見つかったのである。

「おお、これがいい！」

「さすが御目が高い。これは、大陸のとある国のお貴族様が着ていた衣装ですぞ」

「試着していいか？」

「もちろんでございます」

袖を通してみる。だが、この衣装の持ち主はどうも恰幅《かっぷく》のよい人物だったらしく、背丈はほぼ同じものの腹回りの布が余っていた。

「ちょっと大きいが……まあなんとかなるか」

その時、ずうっと何も言わずに自分用の衣装を探していた黎が、石原の着た服を見て口を開いた。

「なんだ、これ？」

なんと石原の衣装の背中あたりに穴が開いていたのだ。黎はその穴に指を差し込んで店主に問いかけた。

よく見れば、短剣かナイフで刺されたかのごとく、血痕のようなものが周囲に滲んでいる。

「これって死体から剥《は》ぎ取ってきたのか？」

すると途端に店の主人は笑みを浮かべた。

「いやいやいや、やっぱり海賊の戦利品の流れものですからねえ。こういうこともありますよ！　けど大丈夫です。サイズも大き過ぎるようですから、穴も血の染みも切り取って寄せて縫えば、どうにでもなりますよ、はっはー！」

「なるほど、それはつまりサイズ合わせをしてくれるって意味だな？」

「えっ……ええ、まあ。二〜三日頂戴できましたら」

「それじゃ、明日までに頼む」

「えっ⁉　明日は……」

「明日だ、いいな？」

死体が着用していた服を売りつけてしまった負い目があるためか、主人も石原のごり押しには抗《あらが》えなかったのである。

「かしこまりました」

02

プリメーラ・ルナ・アヴィオンの朝は、メイドの差し出す銀杯の中身を飲み干すことから始まる。

「姫殿下、おはようございます」

「お……は……よう。アマレット」

「私はアマレットではございません」

亜麻色の髪をした亜人女性は言った。

「そうね……そうだったわね。貴女は確か……」

「プーレでございます」

アトランティア・ウルース宮廷のメイド服に身を包んだ娘は言った。

プリメーラは身を起こすと、言われるがまま杯を唇に当てた。喉が鳴るごとに、銀杯に注がれた果実酒の甘酸っぱい味が喉を通じて胃の腑《ふ》へと降りていく。

「もう一杯どうぞ」

二つ目の銀杯が差し出される。

嘆息してこれも飲み干す。

すると三杯目が差し出された。

「もう、飲めないわ」

「これが最後です。さあ、ごくごくごくと飲んでしまってください」

プリメーラはこうして三杯目を飲み干した。

すると、くすんでいた三つ編みストロベリーブロンドは、果実酒の生命力を受けて輝きを取り戻し、頭蓋骨内部に鉛の球を詰めこんだような重だるい二日酔いも、迎え酒の力で概《おおむ》ね駆逐される。これで彼女もどうにか起動できるようになった。

プリメーラは髪を掻き上げると、悩ましく艶めかしい溜息を吐いた。

「無粋《ぶすい》ね、無理矢理起こすなんて。まだ眠っていたかったのよ」

起き抜けに三杯も、しかもそれを一息に飲めばさすがに酔っ払う。『酔姫《よいひめ》』の異名を持つプリメーラの饒舌《じょうぜつ》な別人格が表に出てきていた。

アトランティア・ウルース王城船の人々が、プリメーラを客人として迎え入れて概ね一ケ月。この頃になるとほとんどの者が彼女の二重人格的側面を理解していた。

プリメーラは酒を飲むと人が変わる。

『酔姫』の二つ名でティナエの人々から愛されていた時と同様、ここでもプリメーラは酔っ払うと誰よりも女王らしく振る舞うようになるのである。

それ故レディは、プリメーラにやたらと酒を飲ませたがっていた。

レディは、旧アヴィオンの王政復古を大義名分に、アヴィオン海の七カ国統一を目論んでいる。その旗頭として担《かつ》ごうとしているのが、アヴィオン王室の血を唯一受け継ぐプリメーラなのである。

無論、レディにとっては都合のいい傀儡に過ぎない訳だが、アヴィオンの女王たるプリメーラを周辺の有力者や大使、公使にお披露目しない訳にはいかない。

そんな時、極度のコミュ障であり、他人の目があると喋ることも出来なくなってしまうようでは困るのだ。

反対に、大人しくしていて欲しい時には、酒を与えないようにしていた。

彼女は見知らぬ者を見張りとしておくだけで、あたかも檻に閉じ込められているかのごとく動かなくなった。まるで自らの意志でそこにいるかのように。

おかげでレディは、プリメーラを軟禁しているという評判を立てられずに済んでいた。

「酔姫様、入浴の支度が出来ております」

「ありがとう」

プリメーラは生まれたままの姿で寝台から起きだした。

「よ、酔姫様!?」

酔っているためいささか千鳥足となっていて危なっかしい。そのためメイドが追いかけていく。しかしプリメーラは彼女を待とうともしないで先へ進む。

熱い湯に、爪先からその身を浸していく。

温湯のじわっという感触に浸る。すると生命力が五体の隅々にまで行き渡っていった。

酒に酔って風呂に入るなんて命に関わる言語道断な所業《しょぎょう》である。これは片時も離れないメイドから監視されている身の上だからこそ出来ることかもしれない。

「ふうっ……」

プリメーラは顔を湯で洗うと、緩い三つ編みを自ら解《ほど》き湯の中に浸した。

するとプーレが袖をたくし上げてやってくる。

彼女はプリメーラの手足を、木の実繊維を乾燥させた肌用たわしで擦《こす》っていった。

「酔姫様。お加減はいかがですか？」

「ありがとう。とても気持ちよくってよ」

酔っているせいかプリメーラはうーんとしどけなく伸びをしたり、きゃっきゃっとは

しゃいで浴槽の湯を跳ねさせたりする。おかげで非常に手間がかかった。

しかしプリメーラを世話するメイドはあくまでもプーレ一人である。

それはプリメーラが他のメイドと慣れ親しんでしまわないようにするため。すなわち、見知らぬ他人に緊張するという、素面《しらふ》のプリメーラの性質を最大限利用するためである。

更にはプリメーラをプーレに依存させる目的もあった。

基本的にプリメーラがレディの言うことを聞かないと、プーレが処罰を受けることになる。つまりレディはプーレを精神的な人質にしているのである。

入浴が終わって、肌から水滴を全て拭い取ると、プーレがプリメーラのコルセットを締め上げる。プーレ一人ではどうしても上手に出来ないので、プリメーラの腰に足をかけて紐を引っ張るという、はしたなく乱暴な光景となってしまった。

「申し訳ありません」

「気にすることはないわ。これも全ては囚われの境遇ゆえですもの」

プリメーラは、内臓を直撃する圧迫感にも眉一つ動かさずに耐えた。

続いてドレスを着せられ、髪が整えられた。

「なんか気分が乗らない。今朝のお食事会は欠席したいわね」

「いけません。これは女王陛下《ハーラム》からの直々のお誘いなのですよ。断ることなど出来るはずがございません」

「確かにそうね。けどお酒に酔っていてはあまり食べられなくってよ」

「構いません。つまむ程度に食べて、あとは酔姫様のお好きになさればいいんです。どうせ囚われの身の上なんですから」

「貴女、そんなこと言ってもよいの？　私を監視するようレディに命じられているのでしょう？」

「ええ、ですが私は酔姫様のメイドなので」

「そ、ありがと。では貴女のすすめ通り、文句を言われたら、嫌ならとっとと解放しろとでも言ってやることにするわ」

酒精の回ったプリメーラはそう言ってニンマリと笑ったのである。

プリメーラのアトランティアでの住まいは、レディの王城船である。

先日女王《ハーラム》レディは、パウビーノ達をごっそり奪われるという失態を犯したばかりだけに、大切な切り札を離れたところに置く気にはなれなかったのだ。

王侯として礼遇するには、王城船のほうが設備にしても人員にしても適切というのもある。

合わせて、三度の食事を一緒にとることで、プリメーラを軟禁しているという誹りを受けずに済むという考えもあった。

「あら、レディ。ご機嫌よう。今日も相変わらず忙しそうね」

プリメーラは食堂に赴く途中の廊下で、この国の主に声を掛けた。

レディは周囲に秘書や大臣達を引き連れている。そして廊下を歩みながらも様々な事柄に指示を出していたのだ。

朝っぱらから内務大臣を叱り付けている。どうもレディの機嫌は悪そうであった。

「あら、プリム。ご機嫌よう。貴女はお暇そうね」

レディはプリメーラの顔を見るなり、取り繕ったような笑みを浮かべた。

「ええ、おかげでバカンスを楽しんでいるわ」

「でも、それももうじき終わりよ。貴女はこれからとても忙しくなっていくことになる」

「困ったわね。私としてはいつまでものんびりしていたかったのだけど」

「そうはいかないわ。私の役に立ってもらわないと。貴女を礼遇するのだって、かなりの費用がかかっているんですからね」

「随分とせせこましいことを言うのね」

「貴女も女王になれば分かるようになるわ」

「なら、女王になんてなりたくないわ。私はどこかの王様か大商人の妻にでもなって、悠々自適で豊かな生活をするのが夢だったんだから。だからディジェスティフの妻になったのよ……なのになのにそれなのに、若い身空《みそら》で未亡人。みーんな貴女のせいなのよ」

シーラーフ候爵公子ディジェスティフを討った海賊は、レディが裏で嗾《けしか》けたとされている。それを持ち出し、酔姫モードのプリメーラは唇を尖らせた。その毒舌は絶好調のようだ。もちろんレディも負けてはいない。

「それはご愁傷様。けど、未亡人はお互い様でしょ」

「原因となった側が言っていい台詞ではないわね。それに貴女の夫が死んだのは、貴女が腹上死《ふくじょうし》させたからだって聞いたけど」

「そんな噂をあなたの耳に吹き込んだのは誰？　死刑にしてやる」

「なら内緒にするわ。でもわたくしは貴女を結構尊敬してるのよ。なかなかやるわねって感じ。女には男を殺す合法的方法が二つだけ与えられている。日々の食事と、夜のアレ。よかったらどうやったか今度教えてくれないかしら？」

酔姫は満面の笑みを浮かべて片目を閉じた。

「やめてよ……そんなの」

会話の際どさにはレディのほうがドギマギしてしまっていた。

二人が立ち止まる。

すると大きな扉が開かれて、二人は並んで食堂に入った。

大きなテーブルがあり、既に同席する貴族達が腰掛けている。二人が現れたことで全員が立ち上がった。

中には乳母《うば》に抱かれたレディの息子がいた。レディは食事の前に王子と対面するのが習慣なのだ。

今日は、彼女の息子はにこやかだった。

「今朝は随分と機嫌がよいのね」

「子供は母親の感情を汲み取ります。今朝の陛下がご機嫌なのがお分かりなのでしょう」

「私が上機嫌ですって?」

今もプリメーラにやり込められて嫌な気分になっているというのに、どうして楽しんでいるように見えるのかとレディは思ったりした。

乳母は面会を終えた王子を別室へ連れて行く。躾《しつけ》がなされて大人と同席できるようになるまで、王子とはいえ食事は別室なのだ。

上席にレディとプリメーラは並んで腰を下ろした。これは身分や血筋に拘《こだわ》るレディとしては当然の処置である。

「さあ、食事にしてちょうだい」

レディはことさら不満そうに言った。

するとたちまち食事が運ばれてくる。

給仕がプリメーラの杯に酒を注《つ》いでいく。

「もういいわ」

プリメーラが酒杯の半分くらいでいいと遠慮している。

「駄目よ。もっと口切りいっぱいまで注ぎなさい」

するとレディが横から命じた。

仕方なく給仕は、プリメーラの酒杯に果実酒を満たしていった。

「寝起きから通算すると、これで四杯目なんだけど……」

「別に嫌いじゃないんでしょ？」

「そりゃ嫌いじゃないわ。けど何事も過ぎると健康を害するでしょ……まあ、いいわ」

レディは出来る限りプリメーラに酒を飲ませたかった。なぜなら酒を飲んでない時の彼女が嫌いだったからだ。

おどおどして何を尋ねてもはっきりしない。答えたとしても声が小さくてよく聞き取れない。そういうプリメーラがレディは嫌で嫌でたまらないのだ。

酔姫となったプリメーラのほうがレディにとっては有益に感じられた。彼女との会話は小気味よく、とてもわくわくする。しかも表裏がない。

こうして食卓を囲む大臣達は、笑顔で挨拶してくる。恭《うやうや》しく声を掛けてくる。礼儀も正しい。けれど本当に自分に忠誠心を向けているかは分からないし信じられない。

けれど酔姫モードのプリメーラはレディの機嫌を取ろうとしない。というか、最初から悪意と不平不満を隠そうとしていない。だからこそ分かりやすくて気持ちがよいのだ。

もう認めてしまおう。朝の会話もやり込められたのに悪い気が全然しなかった。だから酔姫であって欲しいのだ。

プリメーラが立ち上がると、中身が零れそうな杯を持ち上げて皆に告げた。

「みんな、乾杯しましょう。女王陛下《ハーラム》の美しさと気高さに……」

「女王陛下《ハーラム》の美しさに乾杯」

食卓の全員が杯を飲み干した。

レディは焦っていた。

パウビーノ達を掻《か》っ攫《さら》われたことで、アヴィオン七カ国征服の計画が頓挫《とんざ》してしまったのだ。

あのままアヴィオン七カ国を占領・征服することに成功していたら、騙し討ちや各種諸々の悪行もさして問題にはならなかったろう。

しかしパウビーノを奪われてそれも失敗。軍事的な一方的優位も失われた。軍事力を再建するまで時間が必要になったのだ。

この時間が実に厄介であった。アヴィオン七カ国もこの間に軍事力を再建してくることは間違いないからである。

その上アヴィオン七カ国はアトランティア・ウルースに宿敵宣言をして共同歩調をとっている。

当然だ。海賊を倒すのだと仲間を募っておいて、その後ろから斬りかかるような存在なのである。しかもそれによって王や王太子や統領《ドージェ》が戦死した国もあった。レディだって立場を変えればきっと思いを同じにする。

問題は、この七カ国が連合してアトランティアに挑むばかりでなく、更なる周辺諸国にアトランティアの非道を訴え、全世界から爪弾《つまはじ》きにされるよう手段を講じていることとだ。

密使や公的な使節があらゆる国を訪れアトランティアを非難し、レディの悪口を言い、全土にその悪行を喧伝している。そしてアトランティアとの縁を絶つべきだと主張している。

それはこの世界の覇権国家たる帝国に対しても同じだ。帝国の宮廷や元老院でも、使節達が口を揃えてアトランティア討つべしと叫んでいた。

おかげでアトランティアは孤立して味方もいなくなってしまった。まさに国家存続の危機なのだ。

このためか、アトランティア・ウルース内でも臣下達のレディを見る目が変わってきていた。

もはやアトランティアが窮地に陥っているのは庶民でも分かる。外国からやってくる商人が減って、物の値段も急速に上がりつつある。

こちらから出かけていって略奪してくればいいだけだから、今のところ窮乏《きゅうぼう》している訳ではない。だが、この状況を作った元凶は誰なのかとなれば、もちろん権力者レディとなる。声を大にして責める訳にはいかないから、物言わぬ視線が彼女に向かうのである。

庶民がこれである。家臣達もきっと内心ではレディを責めているだろう。表面上は従っているように見えても、腹の中で何を考えているかは分からない。

この状況を改善するためにも、レディはなるべく早く次の手を打たねばならないのである。

「オルトール。プリムの戴冠《たいかん》の準備は進んでいますか？」

「はい女王《ハーラム》陛下。順調でございます」

するとプリメーラが問いかけた。

「治めるべき領土も領民も持たない王位なんかに、何の価値があるのかしら？」

「価値はあるのよ」

レディは言い張る。たとえ実権はなくとも、アヴィオンの王位にはアヴィオン七カ国の支配権を要求する正当性があるのだ、と。

これは外交的に極めて大きい力だった。

レディが七カ国に武力侵攻しても、プリメーラの王権回復を大義名分に出来るからだ。それのどこに正当性があるのかと思うところだが、王政国家が当たり前の特地においては王政が当然であり、王権は神聖不可侵と位置付けられているので、他者の王権もまた尊重しなければならないのだ。

つまりプリメーラさえいれば、少なくともアヴィオン七カ国以外の諸外国、特に帝国からの介入は防ぐことが可能となるのである。もちろん行為の卑劣さは非難されるだろうが、とはいえ一方的な悪だとは断定され難《にく》くなるのだ。

そのためレディとしても形だけ、否、形だけだからこそアヴィオンの王室の体裁を整えなければならないのである。

プリメーラの即位を急ぐのもそのためであった。

「この子の閣僚には、誰が適任かしら？」

レディは、プリメーラに旧アヴィオンの亡命政権を作らせようとしていた。

内大臣オルトールが答える。

本日のこの朝食に同席している者達がその候補者である——つまりアヴィオン王国の大臣になる予定の者達であるとオルトールが一人ずつ紹介していった。

「財務尚書《しょうしょ》にはガロン・メ・ディフェス卿《きょう》。国務尚書にはアドニス・メ・ディズゥエラ卿、法務尚書にはダントン・エ・クシールマガッフ卿、軍務尚書にはデクスター・ラ・タンド卿、外務尚書にはベル・ベト・ウィナー卿、王璽《おうじ》尚書にはモルガ・ミ・ファ卿でございます」

紹介され立ち上がった男達が、その都度自己紹介と称する演説をしていく。

出自の自慢、これまでにどれほどの功績を挙げてきたかの自慢、そして尚書《大臣》となった暁《あかつき》には何をしたいかという抱負の表明だ。

最初の頃はプリメーラもちゃんと耳を傾けていたのだが、ふと疑問に思ったのでレディに囁いた。

「一つ聞いてよいかしら？」

「なあに？」

「この方達は、何のお仕事をするの？」

治める国がないのだから税収もない。財務尚書などといっても、予算を立てるような仕事はないはずなのだ。国民がいないのだから法律もないし裁判もない。当然、法務尚書にも仕事はない。軍もないのだから軍務尚書にも仕事はない。

「あるでしょ？　お飾りというお仕事が」

「お飾り……みんなそのことを知ってるの？」

「もちろんよ。でもどうしてそんなことが気になるの？」

「だってみんな嬉しそうなんですもの」

「それは、地位に伴う名誉があるからよ」

「ああ、そういうこと」

この場合の名誉とは、社交界や外交の場における礼遇のことだ。

身分が高ければ当然、他の者より重く扱われる。より高貴な方々と親しく振る舞える。これは虚栄心の強い者にとってはなかなかに嬉しいことなのである。

「彼らはこれまで名誉ある職に就きたいと言って一生懸命猟官《りょうかん》運動に励んでいたの。けど、とても大事な仕事を任せられるような連中じゃないのよ。身分とか、家柄とか、能力とか、人柄とか、素行の悪さとか……いろいろな理由で」

「そういうことなのね」

酔姫モードのプリメーラはとても納得した。

そして可哀想なものを見るような目で男達を見渡した。

人間不思議なもので富貴を手にすると、次には名誉が欲しくなるらしい。日本でも勲章欲しさに財界やら業界やら様々な活動に精を出す年寄りがいる（逆に地域のために活動していて、それがたまたま褒賞に結びついたという人もいる。これは望ましいし賞賛すべきだ）。それと同じなのだ。

ただし尚書という職は、名誉ばかりでなく責任を伴う。

もし実際に国家があって、統治される人民がいたなら、無能者の大臣なんて害悪以外の何物でもないのだ。

しかし何もないプリメーラの宮廷ならばその心配はない。

ならば彼らには宮廷ごっこを大いに楽しんでもらおう。自分の宮廷にはそれがお似合いなのだ。

「そういうウザウザしい連中、貴女のところにはたくさんいるんでしょ？」

「もちろん、星の数ほどね」

「いっそのこと、副尚書とか官職作っていっぱいいっぱい任命したらどうかしら？　枯れ木も山の賑わいって言うでしょ？　なかなか楽しいことになりそう」

「面倒よ。そんなことしたら我も我もと押しかけてくるじゃない。そういうことは貴女がやればいいのよ」

レディは何気なく言った。

「いいの？」

「貴女の宮廷だもの。主立った官職以外は好きにすればいいわ」

主要なポスト以外は心底どうでもいいという感じであった。

「ところで、宰相《さいしょう》がいないのね」

プリメーラの問いかけにオルトールが答えた。

「宰相ともなりますと、激務となることが予想されます。なかなかに相応しい者が見つからず」

プリメーラは苦笑した。

亡国の宮廷とはいえ、トップともなればかなりの立場だ。責任や権限がなくとも諸外国や社交界で相応に重く扱われるだろう。なのになりたがる者がいないなんて、いささかおかしい。きっとその職には誰も就きたがらない理由——盛大な欠点があるからに違いない。

「どうしてなり手がいないのかしら」

プリメーラは首を傾げた。するとレディが強い口調で命じる。

「じ、人選を急がせなさい」

「かしこまりました」

その声には、それ以上の追及を避けるような取り繕った響きがあった。

＊　＊

「おい、黎。俺の格好、変に見えないよな」

石原は輿《こし》に揺られながら言った。

「そんなこと、私に分かるかよ！」

輿の後ろに座る黎は、石原の妻に見えるよう努めて笑みを浮かべようとしていたが、どうにも表情筋が働かず引き攣ったようになっていた。

この日、石原と黎はいよいよ迎賓船へとやってきたのである。

本日宴があることは分かっていた。そのために衣装を整え、わざわざ人を雇って輿まで仕立て上げたのだ。

ただ、何を目的とした宴なのか、どんな人間が集まるのか、乗り込むまで分からないのが問題だった。そこはもう持ち前の機転でなんとかするしかないのである。

迎賓船の舷門へと続く道には長蛇の列が出来ている。

石原は周囲を見渡すと、自分達の乗る輿がどうにも見劣りしていることに気付いた。

衣服はまあなんとかなっているのだが、輿を担ぐ奴隷役の使用人の衣装や輿の飾りに手を抜いてしまった感がある。

こういう時、どうしても周囲の目が気になるものだ。そのため顔見知りでも何でもない相手にすら挨拶してしまっていた。

「ども、どもども、お元気そうで何より……いえ、初めてですよ！」

黎が囁いてきた。

「おい、イシハラ。どうやら今日は大臣か何かの就任祝宴があるようだぞ。今、任命式が行われていて、その後に祝宴という流れらしい」

「なるほど……それなら好都合」

大臣の就任パーティーなら政界や財界の大物が集まるはず。場合によってはこの国の女王にも会える可能性がある。自分を売り込む好機なのだ。

二人が乗った輿はやがて門番の待ち受ける舷門へ。

そこで他の客達は招待状らしき木簡《もっかん》を見せていることに気付いた。それなのに自分達は珊瑚の玉である。

果たして本当に舷門を通ることが出来るのだろうかと石原は心配になった。

「職務につき、招待状のなき方はお通し出来ません。招待状のご提示をお願いします」

いよいよ石原達の順番がやってきた。

「招待状を拝見します」

「うむ、よかろう」

石原は尊大そうな態度で門番に珊瑚玉を示した。

「？」

門番の顔色が変わる。

「あ、貴方が？　こちらはお連れ様でしょうか？」

「さよう。我が妻じゃ」

黎について尋ねられたので、石原は少し偉そうに顎を上げながら答え、門番達を見下ろした。

「ど、どうぞ。お通りください」

どうやら石原達は怪しまれずに済んだようであった。


迎賓船内部に入って輿から降りる。

すると迎賓船の甲板は巨大な宴会場となっていた。

煌びやかな金銀糸の布や花で会場は飾られ、楽士《がくし》が音楽を鳴らし、メイド達が料理を次々と運び込んでいた。

「おいおいおい、見ろよこれ！」

「うむ、実に盛大な宴だな」

甲板の後ろにはプールがあって様々な種族の男女――みんな美しい女や筋肉質の青年だったりするのだが――が水に飛び込む芸を披露したり、ロープで吊るされながらの空中パフォーマンスを見せたりしている。

参加者達はそれらを楽しみながら好きなだけ料理を取り酒を飲んでいいらしい。ちなみに二人を輿で運んだ臨時雇いの連中には、使用人用の会場で料理が提供されているので、そこで楽しんでいる。

二人は飲み物を手にすると、落ち着く場所を探して壁際へと向かう。既にそこには何人もの客が集まって噂話に花を咲かせていた。

「しかしアドニスの野郎が国務尚書だとよ。上手くやりやがって」

「アドニスだけじゃねえぞ。ダントンやデクスター、ベルの奴まで尚書閣下に成《な》り果《おお》せたそうだぜ。くそ、あいつらの得意げな顔を見ることになるなんて腸《はらわた》が煮えくり返るぜ」

「これからしばらくは奴らをのさばらせることになるのか」

「一体どうやって女王陛下に取り入ったんだか……」

言葉遣いもさることながら人相も凶悪そうな連中だ。考えてみれば元が海賊だから当然なのだが、それを見ると石原は、貴族というよりはヤクザの宴会といったほうがしっくりくるなあ、などと思ったりした。

「皆様！」

布告官の声がして、客達の視線は会場の奥中央に向かった。

石原もその視線の先を追う。

「尚書方の任命式が今し方終わりました。これよりご入来されます！」

するとフ扉が開いて大臣達が入場してきた。いかにも金を持っていそうな見てくれの連中だ。

「なるほど……あれが新大臣達か」

周囲に集まった大勢の貴賓から盛んに声を掛けられている。他の閣僚達も揃って祝いの言葉を受けていた。

皆この世の春を謳歌《おうか》する喜悦の表情であった。

「つまりは新内閣発足のパーティーって訳か……」

しかしこうして離れたところで陰口が飛び交っているところを見ると、参列者達から純粋に祝福されている訳でもないらしい。

そんなことを石原がぼやくと黎が言った。

「当たり前だろう？　どこの国も似たようなもんだ」

黎は、故国での党の要職就任パーティーでも似たような会話が片隅でなされていたと語る。

その時の彼女は人民解放軍の警備担当者として、あちこちに設置した集音マイクやカメラ映像をチェックする仕事をしていたため、全てを聞けてしまったとか。

政治は嫉妬と欲望の世界だということを、非常に生々しく実感したそうだ。

「なるほどねえ」

「おい、イシハラ。これからどうするんだ？　やっぱり、そこにいる大臣達に直接売り込みに行くのか？」

「いや、もう少し様子を見てからだ」

今は宴会が始まったばかり。新大臣に挨拶しようと周囲に様々な客が群がっている。きっと初めて会ったような人間の言葉に耳を貸す余裕もないはずだ。

そこで石原は宴が落ち着くのを待つことにした。

「この国の女王が臨席《りんせき》してるようなら、女王陛下に直接売り込みに行こうと思う」

「お前、それはやめておいたほうがいいぞ」

黎は言った。

「どうして？」

「最高権力者相手に失敗すると、次の手段がまったくなくなるからだ」

もし大臣に売り込みに行って失敗したとしても、他の大臣やライバル貴族を探せば再挑戦の機会が得られる。しかし、最高権力者の女王にアタックをして失敗したら、その家臣達は女王の不興を買った男を後押しすることは決してないのである。

「確かにその通りだが、機会があるのに手を拱《こまね》いているというのは俺の性分に合わないんだ」

「つまり一か八かの一点突破。トップを目指すって訳か？」

「そういうこと」

石原はひと通り会場を見渡し終えるといよいよ歩き出した。

「大したもんだよ、お前は」

黎は石原の背中に向けて感嘆の言葉を浴びせた。

なんだかんだ言いつつも、石原はこの会場に紛れ込むまではやってみせた。ならばこれから先も好きにすればいい。そういう気持ちなのだ。

「ところで、どこへ行くつもりだ？」

「会場の中は見た。だからちょっとばかり外を見てくる。それが終わったら攻略開始だ」

「分かった、では私はここで腹拵《はらごしら》えをしていよう」

言いながら黎はメイドに声を掛けて料理を運ばせた。

さすが国立宴会施設だけあって、そこいらの食堂ではとても出てこないような美味い料理が食べられる。今のうちに食べておきたいと思うのも仕方のないことであった。

石原は滅多に見られない黎の姿に苦笑しつつ、迎賓船の前部甲板へと向かったのだった。


特地の船は木造だ。

この迎賓船もその例から漏れず木造である。

しかしその木で出来た甲板には花壇が作られていて、人の背丈以上に伸びた樹木や色とりどりの草花が育てられていた。その様子はさながら砂漠の中に突然現れたオアシスのようだった。

この緑豊かな光景のおかげで、ここが海上だということを忘れそうになる。もちろん立ち止まって静かにしていると船の微かな揺れを感じる。いくら大型船で、他の船と鎖で固く繋がれているとはいっても、海の波長の長いうねりからは逃れられない。

とはいえ、その程度は普通に歩いていればほとんど感じられるものではなかった。

石原はそんな庭園をゆっくりと歩いていく。すると薄桃色の髪の女性と出会った。

その女は花壇の一つに腰掛け、しどけなく立木の幹にもたれていた。

具合でも悪いのかなと気になって歩み寄ってみる。

「おや、お嬢さん。どうかしましたか？」

「なあに？　わたくしのこと？」

顔を見た瞬間、すげえ佳《い》い女だと思った。

胸は黎ほどではないが、スタイルは均整がとれていて素晴らしい。何より顔が美しい。造作《ぞうさ》からして違う。ピンクブロンドの髪も最高だ。

しかも着ている衣服、身につけているアクセサリーなどからして、そこいらのお嬢様ではないと思われた。きっとかなり高い身分のご令嬢に違いない。

「もしかして酔っ払ってる？」

宴会はまだ始まったばかりだというのに、この娘、既に酒に酔ってしまっているらしい。

「ええ。酔っているわ……もう、朝から何杯も飲まされちゃって。儀式の最中に中座しなくてはならなかったの」

だから休んでいるのだと女性は吐露《とろ》した。

上気した肌、深い溜息、こちらをチラリと見る潤んだ瞳はえらくエロい。石原はゾクゾクとするのを感じてしまった。

「気を付けろよ。あんたにそこまで深酒《ふかざけ》させようとする輩は、きっと相当タチが悪い……もしこのまま泥酔して前後不覚になっちまったら、明日の朝にはそいつが裸で寝ている横で目を覚ますことになるぞ」

「目を覚ましたらアレとわたくしが同衾《どうきん》しているかどうかは分からないけど、アレが悪どいことを考えているという言葉には同意するわ。ご忠告ありがとう」

その時、背後から言葉が投げかけられた。

「貴様、姫様に何をした!?」

メイド服を着た女性だ。

手にはトレイがあって銀杯を載せている。

ちらりと見えた範囲では透明なのでおそらくは水だろう。

「俺は女王陛下の忠良な家臣……だ。気分悪そうにしているご婦人を見たら、声を掛けて介抱が必要かどうか確かめるくらいは男としての義務だと思うのだが……」

メイドは石原のことをジロリと睨んだ。

「お前のような者は知りませんけど？」

「そりゃそうだろう。これから就任する予定なんだからな」

石原は自信たっぷりの笑顔で答えたのだった。

プーレはもともとアトランティア・ウルース王城の中級メイドであったが、女王《ハーラム》レディからプリメーラ専属に任命された。

アトランティア・ウルースの生まれだが、ヒト種ではない。「ヒュメ」と呼ばれるヒトによく似た、海棲種族である。そしてプリメーラの身の回りの世話の一切を、一人で取り仕切っていた。

プリメーラほどの貴顕《きけん》を世話するのに、たった一人というのは無理があるのではと思われる。しかしレディにもプリメーラが慣れ親しむ者を増やしたくないという事情があった。

もちろん現実的には全てを一人でこなすなんて不可能だ。だから手が回らない状況になると、陰影から助けてもらえることになっていた。

だが今日ばかりはその陰からのお手伝いも手薄になっていた。大規模な祝宴が開かれれば、そちらに人手を取られてしまうのは仕方のないことなのだ。

「こんな時ほど、お手伝いが欲しいのに」

プーレはレディから、プリメーラの酒精を切らせないようにと命令されていた。

尚書の任命式、その後のお披露目では各界の要人と面会し、談笑しなければならない。

そうした社交は素面のプリメーラには到底無理なことなのだ。

そのため酔姫モードで居続けるよう常に飲ませ続けつつ、同時に酩酊《めいてい》するまで深酒をさせてはならないというのだから大変なのだ。

実際、そのあたりの加減調節はなかなかに難しく、つい先ほど限度量を超えた。おかげで大事な任命式の最中だというのに、プリメーラが気持ち悪いと言い出したのである。

「酔姫様。どうぞ我慢を……」

「大事な任命式の真っ最中に、盛大に吐いていい？」

慌てて式から中座させて、プリメーラを風通しのよい露天甲板上へと連れ出した。

「お水を頂戴」

「はい、ただいま」

酔ったプリメーラをこの場に一人残しておく訳にはいかないが、「誰か！」と求めてもメイド達は来てくれない。

「お、お水を……」

「かしこまりました。こちらでしばらくお待ちください」

結局プーレ自身が水を取りに行かなくてはならなかった。少しの間なら大丈夫だろうと油断したのだ。

おかげで戻ってきた時、プリメーラの傍らに見知らぬ男が立っているのを見た瞬間、背筋がぞっとした。

「貴様、姫様に何をした⁉」

プリメーラに求められたからとはいえ、やはり側から離れたのがよくなかった。その隙に悪い虫が寄ってきてしまったのだ。

慌てて二人の間に割って入ると、男を睨み付ける。

だが男は悪びれもせずに答えた。

「俺は女王陛下の忠良な家臣……だ。気分悪そうにしているご婦人を見たら、声を掛けて介抱が必要かどうか確かめるくらいは男としての義務だと思うのだが……」

「お前のような者は知りませんけど？」

「そりゃそうだろう。これから就任する予定なんだからな」

この言葉でプーレは誤解した。

つい先ほどアヴィオン王国の名ばかり尚書達が任命された。この男もきっとプリメーラを女王と戴《いただ》く、何もない宮廷のお飾り尚書になる予定者なのだ。

「ならば、礼儀を弁《わきま》えなさい。こちらが貴方のお仕えすることになる女王陛下なのですから」

まだ女王として戴冠してないが、決定事項なのだから多少の前後は問題あるまい。

プーレはプリメーラに杯を差し出した。

「さあ陛下、お水ですよ」

「な、なんだって？　こちらが女王陛下だって？」

プリメーラは差し出された水をぐびぐびと一気に飲み干していく。そして全てを飲み終えると口元を拭った。

プーレが胸を張って述べる。

「そうです。プリメーラ・ルナ・アヴィオン。それがこのお方のお名前です」

すると男は目を白黒させたのである。

プーレは勝ち誇った気分になったが、同時に落胆にも似た気分を味わった。この男は、自分が仕えることになる相手の顔すら見たことがないのだ。そのことが実に腹立たしい。

しかし今のプリメーラの境遇では仕方のないことでもある。多少のことは我慢しなければならない。

少なくともこの男には、自分がどれだけ僭越《せんえつ》なことをしようとしていたか思い知らせてやることが出来たのだから、それでよしと思うべきなのだ。

人間を大別した時、次の二種類に分けられる。

コップに半分の水がある時、『まだ半分ある』と思うタイプと、『もう半分しかない』と思うタイプだ。

余裕がある間に問題の発生に備えて念入りに準備し、欠乏や危険に備えることが出来るのは『もう半分しかない』と思うタイプだろう。対するに、『まだ半分ある』と思う人間は、今起きている状況の中で、自分にとって有利な事柄を利用していく瞬発力に優れているタイプだ。

石原莞吾は後者のタイプであった。

目の前に腰掛けている女性が女王だと知って、「しまったー、家臣になる予定だなんて言わなければよかったー」などと思わずに、この好機を生かすことに集中したのだ。

「プリメーラ女王陛下。私は石原莞吾と申します。どうぞお見知りおきください」

石原は恭しく頭を垂れる。

その姿を見て、プリメーラは酒精に酩酊した頭でも何とか思い出した。レディが宰相となる者を早急に探せと家臣に命じていたことを。

「イシハ・ラ・カンゴー？　もしかすると貴方が宰相になってくれるのですか？」

「はい？」

プリメーラの言葉の裏を、石原は必死に考えた。

（どういう意味だ？）

確認するような問いかけは、自分が任命するはずの宰相が誰なのか知らないということを意味する。そこから分かるのは、この女王には人事権がないのかもしれないってことだ。

このアトランティア・ウルースは女王によって支配されていると聞いていたが、もしかすると、実態は有力者の傀儡なのかもしれない。

その有力者によって指名された者を、目の前の女王は唯々諾々《いいだくだく》と任命しているだけなのだ。

石原はこの状況を利用することにした。ここにいたる決断まで、僅かにコンマ三秒であった。

「はい、宰相になりたいと思っています。しかし条件がございます。それは他の誰の推薦でもなく、陛下ご自身のご意志で任じていただくことです。陛下が私を任じてくださるのなら、きっとやり遂げてご覧にいれましょう」

「わたくしの意志で……ですか？」

「そうです。私は陛下から選ばれたいのです。私は知恵にはいささか自信があります。陛下にお悩みのことがおありでしたら、是非ご相談ください。たちどころに必要な献策をすることでしょう」

　プリメーラはしばらく考え込む。そして決めた。

「分かりました。わたくしが貴方を——イシハ・ラ・カンゴーを宰相に任じましょう」

「はい？」

　何の質問もなしかよと石原は拍子抜けしてしまった。

　だがメイドは顔色を変えた。

「プリメーラ様、勝手にそのようなことをしては叱られてしまいます！」

「いいのよ、プーレ。彼女には私から伝えておきますから」

「はあ……知りませんよ。どうなっても」

「大丈夫よ。どうせ今朝になっても決まってなかった人事よ。文句を言われるようなら、私が選んで決めましたで押し通します。たまには、思った通りにならないってことを示さないと、舐められてしまいますからね。——よかったわ。これで閣僚が全て揃ったことになります」

　女王が安堵するのを見て、石原も戸惑いつつ胸を張った。

「はい。おめでとうございます」

「では、任命式を行いましょう。ちょうど今、任命式の真っ最中で……」

プリメーラは立ち上がろうとした。

式典会場はこの迎賓船の別室である。つい先ほどまでそこで式典を行っていたのだ。

プリメーラは、今すぐそこに戻れば、まだ間に合うと思っていた。

酔っ払い特有の時間感覚の喪失である。

しかも酒精はそればかりでなく、彼女から正常な平衡感覚までも奪っていた。立ち上がろうとしてその場に崩れてしまったのである。

慌ててプーレが支えた。

「酔姫様……ご無理をなさってはいけません。それに、任命式はとっくに終わっていて、大臣方はもう祝宴を始めてしまいました」

「そうなの？　それでは仕方ありませんね。では、この場で略式ながら任命式を執り行いましょう」

「こ、この場で？」

「ええ、わたくしがいる時、わたくしのいる場所こそが、常に式典の場なのですから」

プリメーラは花壇に腰を掛けたまま姿勢を正す。すると石原も片膝を突いて頭《こうべ》を垂れた。

「イシハ・ラ・カンゴー。卿《けい》をわたくしの宰相に任じます」

プリメーラは石原に手を伸ばす。

何を求められているかはすぐに分かった。

「謹《つつし》んで拝受つかまつる」

石原はプリメーラの手を取ると、その甲に口付けをしたのだった。


石原は意気揚々と祝宴会場へと向かった。

ここに到着した時は来客者専用の入り口から入ったが、これからは主催者側に回って専用の入り口から入らなくてはならない。閣僚達が入場した正面扉があるところだ。

「お前は何者だ？」

だが、当然ながら石原は警備の兵に誰何《すいか》されることになった。

「私はプリメーラ様より直々に宰相に任ぜられた者だ。石原莞吾という」

「さ、宰相に？」

「そうだ。たった今任命式を済ませたので、皆にお披露目といきたいんだ。まさかとは思うがもう終わったりしてないよな？」

「大丈夫です。今すぐ伝えます」

慌てて衛兵が姿勢を正す。そして内部の布告官に伝達した。

「アヴィオン王国宰相！　イシハ・ラ・カンゴー閣下ご入来！」

布告官の声とともに扉が開く。

石原が姿を現すと、会場内の賓客達はどよめきと共に彼を迎えた。

「ん？　今、アヴィオン王国とか言わなかったか？」

この国はアトランティア・ウルースじゃなかったっけ？　と石原は今になって違和感に気付く。

しかしもう遅い。扉が左右に大きく開かれると、参列する人々に対して石原は胸を張って意気揚々と入場したのである。

「宰相閣下！」

あちこちから掛かる声に奇妙な違和感がある。皆の声援に、道化か何かを囃《はや》し立てるようなニュアンスが感じられるのだ。

「貴公が宰相となったのか？」

他の閣僚達もやってきて石原を迎えてくれた。彼らは会ったことのない石原を、訝しむどころか温かく迎えてくれた。

「もちろんだ」

「よくぞまあ決心したものだな」

背中を叩くその手には、何か一世一代の大決心をした人間を励ますような温かさがあった。

「でもいいのか？」

「それ以上問うな。彼とて覚悟の上で引き受けたはずなのだからな。我々はその覚悟を尊重すべきだろう？」

「確かにそうだ。だがレディ陛下のやらかした全ては、この男が背負い込むことになるのだぞ。永遠に歴史に名を残すことになってしまう」

「はっ、それがどうした。悪名もまた名の内だ」

「名を残すこともなくただ平凡に生きて消えゆくよりは、太く短く。それもまたよしだ」

「そうそう。それに今日明日で人生が終わるということでもない。終わりの始まりではあるが、それまでは宰相という栄華を楽しめるのも確かであろう？」

「そうだな。考えてみれば、これも男の生き様の一つかもしれん。分かった、それまでは宰相として采配《さいはい》を揮《ふる》うがよい。我々も存分に貴公を後押しするからな」

ここで石原はようやく気付いた。

どうやら自分がアヴィオン王国とかいう国の宰相になったらしいこと、更にその仕事はとんでもない貧乏くじだったらしい、と――

石原の入場に遅れることしばし、プリメーラは祝宴会場に入っていった。

布告官が貴賓の来場を皆に告げようとするが、プリメーラは止めさせた。おかげで皆の意識は宰相となった男に集まり続け、アヴィオンの女王となる者には向けられない。しかしそれでよいのである。せっかく皆が宰相の登場を喜んでいるのだから、水を差してはいけないのだ。

「プリム、宰相を任じたって本当?」

どこから知らせがいったのか、プリメーラに追いつくようにレディがやってきた。

「ええ、わたくしが任じました」

「どうしてそんな大事なことを勝手にしたの?」

「いいでしょ、別に。なり手が決まらないようだったし」

「ええ、まあ、確かに。分かりました。これで戴冠式も出来るようになったから、よしとしてあげる。でもね、忘れないで。これからは大事なことを勝手に決めては駄目よ」

「ええ、いいわ。でも戴冠式なんてやる必要あるの?」

「当然でしょ? あちこちの国の代表を掻き集めて盛大に行うの。貴女が正式に女王になってこそ、アヴィオンの王室は復活するんですからね」

レディは、尚書達をお飾りだと言っていた。

つまりそれは、プリメーラもまた傀儡のお飾りだという意味だ。しかしそれでも存在価値があるというのなら、レディのしたいようにすればいいとも思った。

そうやってアヴィオンの王室とやらが中身のない伽藍堂《がらんどう》だと全世界に示せばいい。そうすれば、王室最後の生き残りなんて者の権威も磨り減っていき、ついには価値もなくなるだろう。そうなればいずれ自分の名だの血筋だのに群がってくる連中もいなくなるに違いないと思ったのである。

03

「舐めているのか、あの女め！　幾ら何でもやり過ぎだ！」

『碧海の美しき宝珠《ほうじゅ》ティナエ』統領代行《ドージェ》のシャムロック・ハ・エリクシールは、激情に任せて執務机を拳で殴った。

分厚い無垢《むく》の木なのにかなり激しい音がしたから、相当に痛かったはずだ。しかし

シャムロックはピクリとも眉を動かさない。彼の体には溶鉱炉の銑鉄《せんてつ》がごとく怒りが煮え滾《たぎ》っていたからだ。

「シャムロック。一体どうしたのよ？」

ティナエの統領秘書室長が何事かと駆け込んでくる。

イスラ・デ・ピノス。女性。年齢不詳。ただし見た目は二十代半ば。レノンという三つ目が特徴の亜人種だ。

「あの女、うちの統領と海軍艦隊を海の藻屑《もくず》にしやがったくせに、いけしゃあしゃあと、戴冠式の招待状を送りつけてきやがったんだ！」

「誰の戴冠式？」

「もちろんプリメーラ嬢だ。これでめでたくアヴィオン王国の王室は再興されるんだとよ！」

「計画をついに実行したのね？　けど、それを堂々とティナエ政府に送り付けてくるなんて、面《つら》の皮が厚いなんてもんじゃないわね。それでシャムロック、貴方は一体どうするつもり？　今は貴方がこの国の統領代行なのよ？」

「行ける訳ないだろ！」

シャムロックは怒鳴りつけるように招待状をぶん投げる。

イスラは困ったように笑い、床に転がった招待状を拾った。

「駄目よ、シャムロック。もっと心に余裕を持たないと」

「余裕だと？」

「そんなに感情的になっちゃ、敵に見透かされるわよ。ただでさえ貴方は周り中が敵だらけなんですからね。こんなことを私が口で言わなきゃならないなんて、ホント貴方らしくないわ」

信頼する秘書からそう言われるとシャムロックもさすがに思い直す。頭を冷やそうとまず椅子に腰掛けて身体を背もたれに預けた。

「いつもの俺だったら違うか？」

「ええ。いつもの貴方だったら余裕綽々《よゆうしゃくしゃく》の笑顔でこう言うでしょうね？　せっかく招待状をもらったのだから、プリメーラ女王陛下の顔を拝みに行こうって……で、アトランティアに堂々と乗り込むのよ」

「ついでに、レディ陛下と今後の作戦でも打ち合わせるってか？」

イスラは「ええ」と頷いてにっこり笑った。

「残念だが、今の俺にはそんな余裕はない」

「そうね。今の貴方がここを留守にしたら、たちまちクーデターが起きるもの」

「そう。それが俺の現実なんだ」

前統領でありかつプリメーラの父であったハーベイ・ルナ・ウォールバンガーは、テイナエ海軍の艦隊とともに海の藻屑となった。

死体が見つかっていないため公式には行方不明の扱いだが、おそらくは死んだと思われている。

もちろん原因は、アトランティア軍の卑怯な騙し討ちのせいだ。

ハーベイのことをいつかはぶっ殺してやりたいと思っていたが、少なくとも今回シャムロックは何もしていないのである。

だが、命からがら帰国した彼に投げられたのは労いと同情ではなく問責だった。十人委員達の一部から、このような事態に至った責任はシャムロックにもあるという声が上がったのだ。

彼らは噂した。

シャムロックがアトランティアにハーベイを呼び付けなければ、こんな事態にはならなかった。そう考えると、シャムロックが助かったのもいささか怪しく思えてくる。きっとプリメーラの身柄をアトランティアに差し出し、レディ女王《ハーラム》と陰謀めいた密約を結んだに違いない。

ハーベイが死んだ後、空席となった統領の席にシャムロックが座ることをレディが後押しする。その代わりにシャムロックは、アトランティアに利するような外交政策を展開するのだ。

その噂通りなら、紛れもなく売国奴《ばいこくど》の所業といえるだろう。

だがシャムロックが助かったのは、ハーベイの船に同乗しなかったという僅かな偶然の結果だ。そのことは現場にいたティナエ海軍の生き残り達、何よりも民衆の英雄カイピリーニャ・エム・ロイテル海佐艦長が証言していた。

しかしながら民衆の多くは分かりやすい悪を求める傾向がある。そのため幾ら客観的事実を説明しても、シャムロックとレディの密約説が消えることはなかったのだ。

もしかすると誰かが意図的にシャムロックを追い落とそうと、このような噂を流しているのかもしれない。

「シャムロックの奴はクーデターを起こすつもりらしい」

「我々十人委員を全員追放して独裁者になろうとしているらしい」

「それはただの噂ではないか？」

「だが、火のないところには煙は立たないと言うぞ。すぐにでも奴から『黒い手』を取り上げるべきだ」

時を経るほどに、ティナエ政庁の片隅ではそんなことを語り合う十人委員の姿が見られるようになっていった。

「下手をすると売国奴にされかねないわね。そうなったら全財産を没収されたあげく、国から追放されてしまうわよ。今、すぐ、なんとかしないと」

「今、すぐ……か」

イスラの囁きに危機感を覚えたシャムロックは、素早く行動を起こした。

まず十人委員の全員に、融和と協調姿勢と協力とを求めた。そしてこれに積極的に応えた者と手を組み、拒絶の態度を示した者を敵対者と見なして、ティナエの防諜機関『黒い手』を使って拘束させたのである。

そうしておいて、残った十人委員——といっても僅かに三名であったが——の名で自分を統領代行に指名させたのだ。

統領代行などという職はティナエの制度にはなかったが、ハーベイが生きているかもしれない状況では、代わりの統領を選ぶ訳にもいかない。だが、統領の椅子を空席にしておいては国政が停滞してしまう。そこで誰かがこれを代行しなければならないという理屈で、無理矢理押し通したのである。

拘束した反対派に対しては、理由を付けて財産没収の上に追放処分とした。

もちろん追放の船が、どこかの島に辿り着くことはない。当人はおろか家族諸共に海賊に襲われて人知れず海の藻屑となった。

この電光石火の早業《はやわざ》は誰一人として止められなかった。

こうしてシャムロックはティナエの統領代行となった。しかしこんなやり方で手にした権力は盤石とはほど遠い。

あまりにも鮮やかに敵対者を片付けたために誰もが口を噤んでいるが、地表僅か下では反感と猜疑心のマグマが煮え滾り、何かのきっかけさえあればたちまち噴き出しかねない状況だった。

そこでシャムロックは、アトランティア・ウルースとその女王《ハーラム》レディに対する復讐を民衆に訴えた。これほどまでにアトランティアを敵視している自分が、レディと密約など結ぶはずがないと皆に思わせたいという算段があった。そのためシャムロックの主張は、いささか常軌を逸したものとなってしまったのだ。

それは国民皆兵制度による艦隊の再建と、七カ国連合によるアトランティアへの懲罰行動というものである。

艦隊再建に必要な予算は富裕層から取り立てると宣言する。

さすがにシャムロックを支援していた十人委員の残り三名もこれには反対した。財産供出を命じられた富裕層に三人とも当てはまってしまうからだ。

「私達は反対だ、シャムロック君！」

「そうだ。こんなことのために君を統領に推した訳ではないのだぞ。こんな一方的なやり方の何が協調と協力だ！」

「私はあなた方に賛成して欲しいと頼んでいるのではありません。これは統領としての命令なのです」

「何が統領だ。ただの代行のくせに」

「しかしあなた方の選択肢は、従うか従わないかだけです」

シャムロックは耳を貸さなかった。

少しでもアトランティア・ウルースの側に立った意見を口にする者、そして自分に反対する者は、『黒い手』を用いて片っ端から捕らえさせていった。

こんな状況だから財産をまとめて国外へと出て行こうとする富裕層も現れた。だが、これも統領令で即座に禁止する。簡単に言えば、財産を持ち出してはならないとする命令で、逃亡するなら身一つでいけというのだ。

この政策は意外にもティナエの民衆には好評であった。

ティナエという国があったおかげで稼げたくせに、いざとなったら財産を抱えて逃げ出すなど裏切りも同然の行為に思えたし、民衆からすれば自分達の懐が痛む訳でもないからだ。

しかし貿易立国にとっては自殺行為といえた。財産を自由に移転できてこそ商売が成り立つというのに、こんな政策を行ったらティナエに投資する者がいなくなってしまう。

これによってティナエの経済状況は急激に悪化していった。

それでも今のところ問題が表面化していないのは、商店や富豪の倒産によって続々と発生しているはずの失業者が、シャムロックが成立させた国民皆兵制度によって海軍に吸収されているからだ。

おかげで一時は滅亡の憂《う》き目《め》を見たティナエ海軍も、陣容だけは急速に整いつつあった。

しかしこのように国富を蕩尽《とうじん》する形で軍事力の再建を図っているティナエの状況を見て危機感を抱かないとすれば、それは頭にお花畑の出来ている幸せな人間だけだ。少しでも先の見える人間は、シャムロックの統治に危機感を抱き、どうやって彼を政権の座から追い落とすかを考える。

そしてシャムロックもまたそのことに気付いていた。

この事態を避けるには、今の過激な政策を緩めればいいということも分かっている。

しかし民衆から売国奴と思われれることを恐れているためにそれも出来ない。つまりは自《じ》縄《じょう》自《じ》縛《ばく》の状態に陥っていたのである。

　だからこそ彼は今、ティナエを離れることが出来ないのだ。

「で、この招待はどうするの？　受けるの？　受けないの？」

　イスラが羊皮紙の書簡を統領代行に返す。

　シャムロックはそれを受け取りながら言った。

「期日は四ヶ月先か……」

「差出人はアヴィオン王国宰相——イシハ・ラ・カンゴーってなってるけど？」

「んなもん、お飾りだ。あの女の傀儡に決まってる。今後、アヴィオン王国の名で出される布告や文書の類いは、ことごとくあの女の意志だと思えばいい」

「だとしたら、招待状に込められた意図は挑戦状ね」

「挑戦状？」

「そう。あの女は貴方に喧嘩を売ってきた。女王を即位させるぞ。文句あるか？　ってね」

「文句を言いたければ、直接言いに来いってことか。となると欠席っていう訳にはいかないな。誰を俺の名代《みょうだい》として送り込むか……」

「で、その名代に、お嬢様の奪還を命じる訳ね」

「ああ……そうだ、正式使節はヴィにしよう」

シャムロックは、『黒い手』から追い出したのに生き残った上、プリメーラの腹心としてめきめきと頭角を現している少年オー・ド・ヴィのことを思い出した。今は日本政府の外交官を相手に折衝を担当しているが、あの少年の胆力だったらアトランティア・ウルースの女王《ハーラム》にも負けないと期待できた。

「若過ぎない？」

「だからいいんだ。失敗しても当然だと思われる」

きっとレディも周囲の国々も、ヴィを子供の使いと見て侮辱されたと思うだろう。だからこそティナエの意思表示に最適なのだ。

ヴィ自身はプリメーラへの忠誠心も篤く、彼女からも強い信頼を受けている。プリメーラ奪還の密命と込みならば、二つ返事で引き受けるに違いない。

「なら彼をアトランティアに送り届けてくれる艦長は誰にする？」

まだ戦火は交えていないが、アトランティアの卑劣な騙し討ちから始まって、既に戦争は始まっているに等しい状態だ。そんな状況下、敵の内懐に赴くなど自殺も同然。それほどの任務を引き受けてくれる者が果たしているだろうか。

「いるさ。我が海軍の艦長は勇敢な者ばかりだ」

「でも、安心して任せられるかってなると、案外少ないのよね。相当に難しく過酷な任務だし」

「それでも、我がティナエ海軍には確実に二人はいる」

まず一人は、ティナエ海軍の英雄カイピリーニャ・エム・ロイテル提督《ていとく》。

もう一人は、プリメーラの親友にして、アトランティアからパウビーノ達を掻っ攫ってきたことでティナエの危機を救った護国の英雄シュラ・ノ・アーチ――海尉から昇進して海佐艦長だ。

この二人ならば、間違いなく行ってくれるし任せることも出来る。

シュラに至っては、いつプリメーラの救出に行けるのかとシャムロックに連日のごとく催促してくるほどだ。招待状を渡せば勇んで飛び出していくだろう。

「シュラ艦長の場合、本人の能力とか意欲とは別の理由で難しくないかしら？」

とはいえ、プリメーラ救出は非常に困難だ。

「ああ。アトランティアからパウビーノをごっそり攫ってきた張本人だからな。向こうに着いた途端、拘束されてもおかしくない。他国の使節の目があるから拘束は免れるかもしれないが、かなり厳重な監視下に置かれるだろう」

それに今のシュラには多額の賞金が懸けられている。

もちろんレディ女王《ハーラム》の仕業だが、その賞金はリバ金貨で千枚というとんでもない額だ。

おかげでアトランティアの海賊達は血眼になってシュラを追いかけていた。シャムロックが「アトランティアに向かえ」なんて命令を出したら、その情報は諜報員を通じて広まり、海賊船がゾロゾロと群がってくるはず。

今のところそれを防げているのは、海上自衛隊の海賊対処行動隊のおかげでしかない。

つまりこの状態では、幾ら本人が行くと言っても簡単には任せられないのだ。

「で、そのシュラ艦長はどこに？　オデットⅡ号は、重整備のためドック入りしてるはずだが」

シャムロックの確認に、イスラは肩を竦めて応えた。

「もちろん海に出てるわよ。あの艦長がのんびり港にいるなんてあり得ないでしょ？」

「船もないのにか？」

「だから代船を借り出していったわよ。小さくて古いの……」

「マジか？　奴は一体何を考えてるんだ」

「もちろん、お嬢様の救出でしょうね」

＊　＊

「貴船の名はミスール号……ケッチ型の武装貨客船。船長はユラ・ノ・アーリ、船守《ふなも》りの名はミスール・ノ・マール……でいいですね？」

アトランティア・ウルースに外来する船舶《せんぱく》を管理する係留管理官は、差し出された書類の記述と、外に繋がれた船の船形《せんけい》とを照らし合わせて確認すると、シュラやオデットの顔を見た。

だが管理官は彼のすぐ傍らの壁にある大罪人シュラ・ノ・アーチと、オデット・ゼ・ネヴュラの似顔絵入り手配書と同一人物だとは気が付かなかった。

シュラは眼帯を外し、カツラを被って付け髭。更には胸にさらしを巻いて、素顔と性別を誤魔化していたし、オデットはヘアマニキュアで真っ白な羽や翼を極楽鳥のごとくカラフルに染めていたからだ。

その上、手配書の似顔絵が下手くそなものだから並べて見ても当人だなんて思えないのだ。

「滞在期間は短期ですか？　それとも長期？」

「長くても二ケ月は超えないと思う」

「では、二ケ月としておきましょう。もし、滞在期間がそれ以上延びるようでしたら、改めて手続きしていただければ大丈夫ですよ。では、最初の一ケ月分の係船料銀貨三十枚をお納めください」

あるいはもう少し管理官の人数と、検査する項目を増やせば気付く者がいたかもしれない。

しかしアトランティア・ウルースという国の成り立ちからしてそれは難しかった。来る者は拒まず、去る者は追わずというのがこの国の有り様《あよう》だったからだ。

銀貨の詰まった革袋を差し出し、代わりに係留手続き証にドンとハンコを貰ったシュラとオデットは、許可証を手に船に戻った。

そして待ち構えていた仲間に告げる。

「さあ、行くよ。副長」

すると、甲板にいた江田島一等海佐はとても嫌そうな顔をし、本来の副長であるカダット海尉を振り返った。

カダット海尉もまた彼の心境を表す複雑そうな表情をしていた。

彼からすると、心外だと怒らなければならないのは、自分よりもむしろ江田島だからである。

ティナエ海軍でも、海賊対処行動で派遣されてきた自衛隊との付き合いが出来て、その階級制度の理解が広まっている。

江田島は一等海佐。隊司令や『いずも』のような特別な艦艇の艦長を務める階級。ティナエの軍制に照らしてみても、彼なんかよりも遥かに高い階級にあたるのだ。

ついこの間海佐艦長になったシュラよりも位は上だ。

なのにその相手が困った顔程度で済ましているため、シュラに苦情を言おうにもあまり強く出られないのである。

「あのー、艦長。どちらに言っておられますか？」

カダット副長は問いかけた。

「ああ、ごめんよカダット。この場合はエダジマのことさ。副長という称号は、本来は君のためのものなのに、ボクはエダジマのことをどうしてもそう呼びかけてしまうのさ」

すると江田島は肩を竦めた。

「確かに私は、貴方の部下であったこともあります。ですから副長と呼ばれることを拒絶しようとは思いません。しかし、彼がいるところで私を副長と呼びかけては、彼の立場がないではありませんか？　それは貴女の心がけが間違っているとしか思えません」

「わ、分かったよ。彼のいるところでは気を付けるようにするからさ？」

「仕方ありませんねえ」

カダットは肩を竦めた。江田島にそう言われたら、彼としても許すしかないのだ。

「ボク達が留守の間、船のことは頼んだよ。いいね、カダット副長？」

「了解しました。艦長」

「それではいくよ、トクシマ、オデット、メイベル！」

シュラはそう言って、支度を終えた徳島達を振り返ったのである。


荷物を抱えた徳島、江田島、シュラ、オデット、メイベルの五人は、アトランティア・ウルースの道を進む。

道といっても舷を接して並ぶ他の船の甲板上だ。ウルースに加わっている船は、甲板上を公共の通路として開放しているので、隣の船から隣の船へと移動していることになる。

「さて、どうやって王城船に潜入するんだい？　副長」

まずシュラが江田島に問いかけた。

「力尽くで忍び込むのかや？」

メイベルが悪戯《いたずら》を楽しみにする子供のように笑いながら囁く。

「いえ。それは最後の手段です。王城船の深奥部を覗き込むなら、やはり向こうから招き入れていただくのが一番です」

「それってつまり、俺の作戦通りってことですよね」

徳島は三つのダンボール箱を載せた折りたたみ式のカートを押しながら言った。

「ええ、君には料理人として潜入してもらいたいと思います」

「よかった。準備が無駄にならずに済みました」

徳島はそう言ってダンボール箱を軽く叩いた。

今回の任務のために日本から使い慣れた包丁、調味料や酒ばかりでなく、様々な機材を持ち込んだのだ。実を言えば、船にはもっと多くのダンボール箱を積んである。

そんな徳島を頼もしげに見た江田島は、まずはウルースにある料理店の中でも政府関係者が使うような高級な店を探そうと告げた。

人間は誰だって美味い食事を好む。金銭的に余裕のある人間ならなおさらで、それを作る能力のある人間は常に注目されて引き抜かれていく。そして貴族や大富豪の日々の食卓を飾る料理人として働くのである。

実例としては、ナポレオン戦争時代末期のフランス宰相タレーランの料理人だろう。アントナン・カレームというこの料理人は、石工職人の十六番目の子供として生まれ、十歳の時から奉公に出されている。そして極貧に喘《あえ》ぎつつも、料理の腕一本で王侯貴族から多額の報酬で引き抜かれるような料理人になった。そして料理と言えばフランス、フランスと言えば料理、とまで言われるほどに価値を高めたのである。

徳島ならば、アントナンのようにウルースの中枢に食い込んでいける。某北の将軍様の料理人が、日本人であったようにだ。

そこで江田島は、徳島とともにとりあえずこのアトランティアの中で一番料理の美味い店を探すことにした。

「美味いってことは高いんだよ。あんたら懐《ふところ》、大丈夫？」

江田島が道を尋ねた男は、徳島達に探るような目を向けてきた。

ここで迂闊《うかつ》にも大丈夫だと答えると、この男が強盗に転じる可能性があるのでこう返事した。

「食いに行くんじゃなくってさ、雇ってもらおうと思ってるんだ」

徳島が料理包丁を見せた。

「なあんだ。あんたら料理人なのか……だったら、最近ウルース一番を獲得した『ダラリア』がおすすめだね」

「ダラリア？」

「そう。あそこの料理人は、何でも王室で働いていたことがあるらしいよ。すげえ美味いって評判だ——もちろん、俺達みたいな庶民にはとても縁のない店なんだが、そこで働いている女給が知り合いでね。まかないメシが絶品だって言ってた」

「是非そこを教えてください」

「ああ？　いいよ」

江田島と徳島は早速ダラリアへと向かったのである。


徳島達は、紹介を受けたその足でダラリア号を目指した。

ようやく店を見つけた時、江田島は頭痛でも覚えたらしく軽く頭を押さえた。

「こ、ここは……」

「いわゆる妓楼《ぎろう》でしたか。これは困りましたね」

妓楼というのは美しい娼姫《しょうき》達を揃え、客に性的サービスと美味い酒と料理をはじめとする快楽に溢れた時間を提供する店だ。

そもそも貴族や大富豪は、自分の屋敷に腕のよいお抱えの料理人を置いているから外に食べに行くことは滅多にない。あったとしてもそれは社交界の宴席くらいなのだ。

だがこういう店ならば、話は違ってくる。評判の女がいると聞けば、貴族も富豪も行ってみるかと足を運ぶのだ。

「まあ、色街にあるって段階で気付くべきでしたが」

「大丈夫ですよ、統括。料理を作ることには変わらないんですから行きましょう」

徳島はまず楼主《ろうしゅ》に会った。そして自分を料理人だと紹介し、雇って欲しいと告げた。

だが、楼主からすげなく断られてしまった。

「ああ？　ダメダメ！　帰ってくれ」

「理由をお聞かせいただいてもいいですか？」

江田島が口を挟む。

「なんだ、お前？」

「彼とともに旅をしている者です」

楼主は江田島やシュラ、オデット達をジロジロ見ながら、料理人を増やす予定はないと語った。

「うちの司厨長《しちゅうちょう》にだって、こっちから何回も何回も頼み込んで来たもらったんだぞ。その時の約束で、技術を教えるのは元からこの店にいた料理人と彼が認めた人間だけってことになってる。奴だってせっかくの技術を誰にも彼にも教えて広めたくはないだろうしな」

「料理技術は財産ってことですね？」

「そう、財産だ。しかも稀少であることに価値のある財産だ。うちの店だって奴の料理が食えるという理由で、あちこちのお貴族様や富豪に来てもらえてるんだ。なのにその技術を盗み取った奴が他所の店に行ったらどうなる？　大損害だろ？　だから断ってるんだ」

「分かりました。仕方ありません……」

徳島達は素直にダラリア号を後にした。

「さて、どうしましょうかねえ？」

江田島は困ったように首を傾げる。しかし徳島は言った。

「統括。もし、何らかの理由で、突然一番に成り上がった店があった時、割を食うのはどこの店だと思います？」

「それは二番目、三番目になった店でしょう……ふむ。そういうことですか？」

「そうです。一番を取り戻したくて、今頃躍起になっているはず。店の改装、料理のメニューを考え直すなんてことを、一生懸命やってるはずですよ」

「腕のよい料理人がいれば、当然飛び付くでしょうね。分かりました。是非そういった感じの店を探してみることにいたしましょう」

徳島と江田島は色街を行き交う人々に、ダラリアの評判が高まったことで二番手三番手に落ちた店の名を尋ねて回ることにしたのである。

メトセラ号という妓楼船がある。

その妓楼船はウルースで一番の伝統と格式を誇る店として男達に知られていた。

この店には大勢の娼姫がいるが、特に評判なのが、セスラ、リュリュ、ミッチの三人だ。

彼女達一人と遊ぶには、一晩で常人一年分の年収が吹っ飛んでしまう。そのため、お客も上級貴族か大きな商いをする大商会の主、大船団の主などに限られていた。

もちろん、他の娼姫達もそれに負けず劣らずの美人揃い。このような美姫の質と客層の質がこのメトセラ号にウルース一番の名声をもたらしていた。

だが、最近ではメトセラ号への客足は少しばかり減り、店も賑わいを失っていた。ダラリア号に腕のよい料理人が入ったからだ。

ダラリア号は豪華な料理を出せるようになったタイミングに合わせ、若くて美しい娼姫を増員して、ウルース一番の座を奪い取るための大攻勢をかけてきた。

メトセラ号も果敢に応戦したが、伝統と格式にいささか胡坐《あぐら》を掻いていたのかもしれない。新しい味を追求するあまりかえってずっこけたものを出してしまい、二番どころか三番も維持できなくなるほど零落《れいらく》してしまったのだ。

メトセラ号の楼主は、帳簿に今日の売り上げ額を書き付けながら、女達が暇そうにしているのを見て額に皺《しわ》を刻《きざ》んだ。

「やっぱり、花代を下げて客層を落とすしかないか……」

「ごめんだわ！　安売りは！」

すると店一番の女、三美姫の筆頭セスラが怒鳴りつけるように言った。

セスラはレノン――つまり三つ目の種族だ。

髪は鮮やかな銀。唇は桜色でぽってりとしていて色気たっぷり。微笑むと、あたりにいる人間がことごとく和んでしまうほどに可愛い。そして美人だ。そんな娘が眦《まなじり》を決して怒っていたから楼主は慌ててしまった。

娼姫とはいえ、店一番ともなれば色艶ばかりでなく人格や品位もそれなりに優れている。

たとえ楼主が相手だろうと、言うべきことは言う根性もあって、楼主の側もそんな彼女を尊重して軽くは扱わないのだ。

「どんなに言葉を飾ったって、わたし達のやっていることは娼婦よ。そんなことは端《はな》っから分かってるの。けどね、身体は売っても心は売らないの。ましてや誇りまで売り払うようなことは死んだってご免だわ！」

「別にお前の花代を下げるとは言ってないだろ、セスラ！　お前の場合は、店がどれほど閑古鳥が鳴いてたって客足が途切れたことはないんだから！　……俺が言ってるのは、他の女達のことだ」

「それだって同じだわ！　同じ店で働いているんだから、同じに見られてしまうでしょ！」

その他の娼姫達が、セスラを頼もしげに見た。

この妓楼では様々な種族の娘達が働いている。彼女達は楼主の言葉に衝撃を受けながらも反対することが出来ない。セスラほど立場が強くないからだ。それだけに、自分達を代弁してくれるセスラ姐《ねえ》さんの存在は心の支えなのだ。

「けどな、セスラ。客が来なけりゃ売り上げが下がって店が立ち行かなくなっちまう。そうなったらみんなだって困るんだよ」

娼姫達をとりまとめる老婆——取り持ち女——もセスラに賛同した。

「そうは言うけどね、楼主さん。一旦値引いたら、元の値に戻すことは出来なくなりますよ。それはあんたも分かってるんでしょう？」

この業界では、今が苦しいからと安売りをしたら客層が下がる。そうなると誇りも保てなくなって心までもがどんどん落ちぶれていくのだ。

「けどよう、どうしたら……」

楼主は頭を抱えた。

するとセスラが楼主を慰めるように言った。

「わたし達も、お客を持て成す新しい方法を考えます。せっかく暇な時間が出来たんだから。だから楼主さんも頑張って何か考えてよ」

するとミケという猫耳娼姫が言った。

「きゃはっ！　腕のよい料理人を探してくるとかどうかニャ？」

ダラリア号は、料理の豪華さで評判を高めた。ならば、メトセラ号だって豪華な料理と酒で対抗できるはずなのだ。

「ミケ。そうは言っても、腕のよい料理人なんて、そこいらにころころ転がってるもんじゃないんだぞ」

「それじゃあ、笛や太鼓でも鳴らして探しましょうか？」

女達が一斉に囃し立てた。

「それじゃまるでチンドン屋じゃないか！」

深刻な話をしているのに、女達を相手にしているとどこか茶化された雰囲気になってしまう。これには人のよい三代目楼主も困り顔で溜息を吐くしかない。

「ええ、ごめんくださ～い」

徳島達がやってきたのは、そんな時だったのである。

04

徳島が妓楼船メトセラ号に入店して三週間が過ぎた。

とはいえアヴィオン文化圏の一週間は五日間なので、日本で言うところの二週間が過ぎたことになる。その僅か二週間で、メトセラ号には大きな変化が起きていた。徳島の料理の評判を聞きつけた客が戻ってきて、花街一番の座に返り咲きつつあったのだ。

厳密に言えば、あと少しで首位奪還といったところだろうか。何か一つ決め手に欠けている。しかし上げ潮の勢いが出てきたのは確かだった。

「ねえ、第二甲板のお客さんに料理まだあ！」

「はいよっ、今出来上がるところ！」

調理場では徳島が辣腕《らつわん》を振るっていた。

メトセラ号の司厨長に納まると、これまでいた料理人達を指導して多くの注文を捌いた。

「出来上がりました。司厨長、味見お願いします」

徳島はすぐに駆け寄っていく。

「うーん、ちょっと塩を足して。ひと摘み」

「はい」

「トラントロン出来ました。司厨長、これでどうでしょう？」

「うん、さすがカイテルさん。秘訣を掴むのが早い。これでいいですよ！」

徳島が許可を出すと、元司厨長のカイテルは皿に盛り付けていった。

盛り付けの見栄えも徳島がチェックする。そしてOKを出すと、待ち構えていた江田島やシュラ達給仕が次々と客間へと運んでいくのである。

そんな調理場の様子を、入り口の隙間からメトセラ号の三美姫セスラ、リュリュ、ミッチが盗み見するように覗いていた。

セスラは三つ目のレノン。

リュリュはアンティというヒト種類似の亜人種族。黒曜石のような真っ黒な瞳と褐色の肌を持ち、全身に紅色のトライバル紋様を入れ墨として刻んでいる。それらがエキゾチックで神秘的な雰囲気を作り出し、人気を得ていた。

ミッチはワーレンという海棲種族。こちらは肌が黒真珠のような不思議な輝きを放っている。高貴さを傲慢と呼ばれるギリギリ一歩手前で保てているのは、彼女がもともとワーレン種の部族長の娘だったからだろう。

知性に優れていて客を飽きさせない話術を持っている。更に詩歌、音楽といった芸事にも秀でていて、それを聞くためだけにやってくるファンも多い。

「ふふん。なるほど、なかなかにいい男だわ」とセスラ。

「働き者なのも好感が持てる。手下への配慮も出来ている」とリュリュ。

「おかげで店に活気が戻ってきたでありんす」とミッチ。

見れば、失敗をした料理人が徳島に呼ばれて台所の陰に連れられていく。何故失敗したかを問われているようだ。だが、頭ごなしに怒鳴りつけることは決してない。失敗した理由を自分の言葉で答えられるまで、ひたすら考えさせるのだ。

失敗した当人は原因を必死に思い返して告げなければならない。

これは一見厳しく見えるが実はかなり優しいことであった。

大抵の人間は叱り付けただけで指導した気になってしまうが、それでは相手を萎縮させるだけ。どうやって失敗を回避できるかまでは学べないのだ。

同じ間違いを繰り返さないためには、間違いの原因——当人の仕事に対する姿勢や心がけの問題かもしれないし、技術や知識の欠落かもしれない——を、とことん追究しなくてはならない。力の限り大声を出しても、何の役にも立たないのだ。

そしてそれが成長に繋がることを理解している人間はなかなか少ない。しかし三美姫にはよく分かっていた。彼女達もまた、楽器の演奏や踊りの芸事で厳しい稽古を受け、実際に名人と呼ばれるほどまでその技量を高めていたからだ。

だからこそ徳島がしていることの意味も価値も理解できた。

「あれは大きなことを成し遂げる男でありんす。主《ぬし》らは男を見る目がありんす」

ミッチはそう言って後ろにいるメイベルとオデットを振り返った。

「そうであろう？　見栄えのよい男なら他に幾らでもおるが、あのような男はなかなかおらんと思う」

「ハジメが褒められると、我がことのように嬉しいのだ」

二人とも自慢げにはにかむ。徳島が褒められて、こそばゆい気分になるのだ。

「ほらほらお前さん達、何をそんなところで油を売ってるんだい？　今日は大切なお客さんが来るんだから、念入りに支度しておくれ」

取り持ち女がやってきて調理場前に群がる娼姫達を追い払う。いつの間にか三美姫だけでなく他の女達まで大勢集まっていたらしい。

「はーい」

娼姫達はそう言うと、メイベルとオデットを連れて調理場から離れていった。

彼女達がいなくなると、今度は老婆が調理場を覗き込む。そしてメトセラ号の救世主となった男を目に収めた。

「どうだ、奴は？」

楼主が歩み寄ってくる。

「ありゃ駄目ですね」

老婆は溜息交じりに言う。

「どうして？　いい仕事っぷりじゃないか？　料理の腕も確かで、客の評判もいい。元司厨長のカイテルも調理場が活気付いてるって言ってた。どこが駄目なんだい？」

「いい仕事をしてる。それは私だって認めます。けどね、あの男、ここに居着かないですよ」

「えっ⁉」

「分からないんですか？　あの男、何をするにしても後回しにするってことが、後でやるってことがないんです。元司厨長だったカイテルのことも、顔を立てて潰さないようにして、陰では他の職人には決して教えない料理の秘訣まで教えてる。もちろん他の職人に対しても懇切丁寧だ。私にはね、それがまるで自分がいついなくなってもいいようにしているって思えるんです」

　取り持ち老婆の言う通りだったら、楼主としても困ったことになる。せっかく店の勢いが盛り返してきたのに、また沈んでしまう。

「そういう性格なんだと思ったんだけどな」

　楼主も、老婆と一緒に調理場を覗き込む。

「このままだとあの男、突然ぷいっといなくなっちまいますよ。引き留める方法を考えないと」

「どうしたらいい？」

「そりゃ、相手は若い男なんです。金か女か……あるいはその両方でしょう？」

「でもなあ、トクシマは金や女で靡《なび》いたりしないんじゃないか？　銭金なんて腕さえよければ幾らでも湧いて出てくるって思っている気性だし、女だって最初から二人も引き連れてる」

「ミスール（オデット）とメイベルのことですか？」

「ああ」

「あんた、妓楼の主《あるじ》のくせに分からないんですか？　あの三人は、あたしらがもどかしくなるくらい清い関係ですよ。トクシマは二人をそういう対象だと思って見てないんです」

「だとしたら、何をどうすればいいのさ？」

「そりゃもちろん……こうするんです」

取り持ち女は、どうやって徳島を引き留めるのかを楼主に語ったのだった。

娼姫達は支度部屋で客を迎え入れる準備に勤しんでいた。

彼女達の準備とは、もちろん髪を整え化粧をして着替えをすることだ。娼姫達は客を取るには早すぎる年齢の少女達に手伝いをさせながら、化粧をして髪を結い上げ、身繕いをしていくのだ。

娼姫達は白粉《おしろい》や紅を塗っている。その合間に女同士の噂話に花が咲いていた。

「メイベル。鏡を持ってきて」

リュリュが呼ぶと、支度部屋の後ろに控えていたメイベルがそそくさと銅板の鏡を運ぶ。

オデット、シュラとともに娼姫達の支度を手伝うこともまた、彼女達の役目とされていた。

リュリュはその鏡面に自ら後ろ姿を映させながら言った。

「メイベル、ミスール。あんたら二人とも、あの料理人に随分とお熱みたいだけど、あれとひっついて幸せになれるかは怪しいと思う」

「えっ⁉」

メイベルとオデットは衝撃を受けたように目を剥いた。

「うん。それは確かだわね」とセスラ。

「まあ、無理でありんすねぇ」とミッチ。

「ど、どうしてなのだ？」

オデットは尋ねた。

「ああいう男は、自分にしか興味がないからだよ」

リュリュは患者に不治の病であることを告げる医師のような口調で語った。

「自分にしか……興味がない？」

「そう。寝ても覚めても料理ばっかり。自分の腕を磨くことばっかり。ああいうのは釣った魚に餌をやらないんだ」

「ううっ、言われてみれば思い当たることばっかりじゃ」

メイベルは呻いた。

徳島はメイベルがどれだけ迫っても彼女を積極的に求めてくることはない。せがんで頼んでようやく唇を重ねてくれるくらいだ。だが、彼女はその理由を、メイベルの見た目が若過ぎるからだろうと思っていた。

日本には、メイベルくらいの見かけの女性に欲情するのはいささか問題という雰囲気がある。しかし特地ではそんな問題はない。だから特地にいる間に、誠心誠意アピールを続けていけば、いずれは徳島も絆《ほだ》されてくれると思い込んでいたのだ。

だが、男の専門家ともいうべき娼姫達から、その考えは甘すぎる、間違いであると大きなダメ出しを喰らってしまった。

オデットは、三美姫と自分の身体を見比べた。

「やっぱりこの身体では魅力に欠けるのだろうか？」

何しろ彼女達の肢体を見ると、出るところは出て、引っ込むところは引っ込んでいる。そして柔らかくあるべきところはとことん柔らかいのである。

胸部の隆起の形状、張りに至っては至高ともいえ、女性のオデットですら手を伸ばしたくなるのだ。

セスラの笑顔はとにかく幸せな気分にしてくれるし、リュリュは入れ墨の効果もあってゾクゾクする。ミッチも黒真珠の輝きのある肌に触れたいという気持ちが湧いてくる。

彼女達はそういう天賦《てんぷ》の才を美の女神から授けられているのだ。

しかも三人はそれで満足などしていない。互いに妓楼トップを競って芸事、遊び、話術、そして閨《ねや》の技に磨きを掛け続けている。

メイベルとオデットが三人を前に凹んでいると、リュリュは強く否定した。

「違う、そうじゃない」

「そう。手を出させるんなら、今のあんた達だって十分だわ。幾らでも手管《てくだ》がある。向こうから手を出すように差し向けるなんて簡単なのよ」

セスラの補足に萎れていた二人が蘇った。

「是非、それを教えて欲しい」

「欲しいのだ！」

メイベルとオデットは、リュリュとセスラに縋《すが》り付く勢いで教示を求めた。

「分かった、分かったから！」

だがリュリュはそんなことを伝えたいのではないと告げた。

「そうじゃなくって！　うちが言っているのは、あいつとひっついた結果、あんたらが幸せになれるかってこと」

「幸せ？」

メイベルとオデットは首を傾げた。

「例えば、ああいうタイプの男と添い遂げるには方法が二つある。一つは、内助の功に励む方法」

つまり、料理をする徳島を支え、彼の成功や彼の満足を自らの満足とするあり方だとリュリュは語った。

「そういうのってどうかって思うけど、いわゆる古風な生き方だわね」

「別にいいじゃないか、セスラ。そういう生き方をしたいって女がいたって。人間いろいろ価値観もいろいろだ」

「駄目とは言わないわ。ただ性に合わないってだけ。わたしはもう一つの、徹底的にあの手この手で自分に振り向かせるって道を勧めるわね。こっちのほうが好みだもの！」

セスラはもう一つの添い遂げ方、徹底的に男を振り回す方法を推奨した。

あの手この手で異性を魅了し、自分から離れられなくしてやるというアプローチだ。

ただしやり過ぎると相手が身を持ち崩してしまうなんてことも起こる。

「ふむ、なるほど……」

メイベルは真剣な面持ちで頷いた。

「まあ、どんな方法を選ぶかはあんたらに任せる。それで幸せになれるっていうなら、うちらも出来ることはしてやる。あの男があんたらなしではいられないようにする手管だって、懇切公平慈愛心をもって教えてやるさ」

「どうする？」

セスラは双眸《そうぼう》の瞼《まぶた》を下ろすと、額の瞳だけで二人を見た。

メイベルとオデットはライバルたる互いの顔を見て、そして決意を示すように頷く。

するとセスラは満足そうに頷いた。

リュリュが言う。

「それじゃあ、最初の教えだ。この世には女だけに許された二つの悪徳がある」

「そ、それは？」

メイベルはゴクリと唾を飲み込んだ。

「それはまず、魅力的過ぎること」

リュリュはすうっと目を細めた。

冷たい眼差しの奥にぞくりとする色気があって、メイベルもオデットも思わず背筋を冷やりとさせる。

「そしてその魅力で、男を惑わし服従させることでありんす」

ミッチは滑《ぬめ》り気を感じさせる瞳で妖艶に見つめてくる。その淫猥《いんわい》な魅力に、女ながら二人とも虜になりそうであった。


オデットとメイベルが娼姫達に囲まれてアドバイスを受けている中、シュラは一歩引いたところで他の娼姫の身繕いを手伝っていた。

男に変装して入国したシュラだが、女の園で働くからには性別を隠し続けるのは難しいと考えた。そこで実は女であると楼主に報せたのである。

すると娼姫として働かないかと誘われた。シュラのようなタイプにも相当に需要があるらしい。かなり強く勧誘された。

もちろんシュラは断った。楼主もそれ以上は誘わなかった。理由も問わなかった。

妓楼はいろいろな事情の人間がやってくる。それをいちいちほじくり返していては、誰も寄り付かなくなってしまう。だから働く気があって、実際に求められる仕事をこなせるならそれでよしとばかりに受け入れるのだ。

こうしてシュラもまた、オデット達とともに使用人——日本の風俗店でいうところの黒服だろうか——の仕事をすることになったのである。

ミケに頼まれて、シュラはドレスの背中の紐を留めてやった。

「ユラ（シュラ）。あんたのほうは大丈夫なのかニャ？」

凛々しさと精悍さを兼ね備えたシュラは、男装するとなかなかの麗人だ。しかも眼帯を外すと、南洋の強い日差しで痛めた目が健康な目と色違いに見える。そのためオッドアイになって神秘的な魅力を放つのである。

おかげで男相手の仕事に疲れた娼姫から、癒して欲しいと閨のお誘いを受けることもあった。ドレスの紐一本を結ぶにしても皆がシュラにやってもらいたがり、何人もの娼姫が列を作ってしまうのだ。

「大丈夫って何が？」

「女としてのお勉強のことニャ？」

「ああ、大丈夫だよ。ボクの意中の相手は、彼とは違うからね。することはちゃんとやってるんだ」

シュラは恥ずかしそうに笑いながら言った。

「もしかして、ユラは枯れ専なのかニャ？」

ミケはシュラの相手が誰なのかと興味津々のようだった。

メイベルとオデットが徳島にひっついて旅をしているのなら、シュラが一緒に旅する理由は江田島ではないかというのが娼姫達の間で流れている噂だ。

しかし江田島はもうおじさんの年齢だ。さすがにそれはないだろうという意見も根強く存在している。だからこそ、ミケは単刀直入に枯れ専かと問いかけたのである。

「それは内緒」

だが、シュラは明答を避けた。そして次のように答えた。

「ボクが好きなのは、頼りになる人なんだ。ボクよりもしっかりしていて、ボクを本当に助けてくれた。今でもボクを精神的に支えてくれるんだ。そんな人なら、歳が幾つだろうと好きになってしまうんだ。これはもう、理屈じゃないんだよ」

「だから、それが誰かって聞いてるニャ？」

「だから、それは内緒」

「ぷぅ」

答えをはぐらかされてミケは頬を膨らませた。

「エダジマかニャ？」

「おやおやどうしたんだい、ミケ？　今日は随分と踏み込んでくるね？」

「ユラが好きっていう女から、そういう相手がいないか確かめてくれって頼まれてるニャ」

「困ったねえ。その娘にはこう伝えてくれないか？　相手に好きな人がいた程度で諦められるくらいなら、それは本当の恋じゃないって」

「ううっ！」

その時、セスラがこんなことを言った。

「ミケ、友達だなんて言ってるけど、ユラのことが好きっていうのは本当はあんたなんでしょう？」

「本当？」

シュラが驚くと、ミッチも食い付く。

「興味深いでありんす」

「あ、いや。違うニャ、全然違うニャ！　違うったら違うニャ!!」

慌てふためいた様子を見れば、言葉と裏腹なのは一目瞭然だ。そのためミケは周囲から大いに揶揄《からか》われることになったのである。

支度を終えたセスラは、妓楼船最上層にある自室への階段を上った。

楼閣のトップスリーだけあって彼女に与えられている部屋は広く、窓から見渡せる景色もよい。

調度品も衣装も王侯貴族を思わせるほどだ。

こんな待遇が与えられるのもいわば飴と鞭、女達に上昇意欲を植え付け、懸命に働かせるための餌なのである。

セスラは部屋に入ると、その足で寝室へと歩み寄った。

本来彼女のものであるはずの絹で出来たふかふかの寝台には、彼女と同じ銀髪で三つ目を持ち、顔貌《かおかたち》もそっくりの女が横たわっていた。

「ああ、待っていたぞ。忘れ去られたかと思ってしまった」

「やめて。ずっと呼び続けられたら無視できる訳ないじゃない」

女はセスラを見るなり身体を起こそうとする。だが全身に走る激痛に、苦悶の表情を浮かべて呻いた。

見れば、肩口から身体に向けて包帯が巻かれており、その傷の深さが窺えた。

セスラは歩み寄ると、女を優しく横たわらせる。そして告げた。

「早くミスラの身体から出ていって」

「ふん、そうはいかないぞ。お前達レノンは使い勝手がいいんだ。何しろ自動的に手下がついてくるんだからな。お前達の場合は二人も。もしこの身体から出ていって欲しければ、代わりの身体を用意してくれ」

「ここは妓楼よ。見目のいい子ならそこら中にいるわ」

「駄目だな。そこらの身体では、お前達ほどの価値はない。レノンの双子か三つ子を差し出せ」

「くっ……」

セスラは、憎々しげな表情で女を見下ろす。そして無言で、ミスラの身体が健康を取り戻すために必要な食事と水を並べた。

「これから仕事なの……お願いだから簡単に呼び付けないでちょうだい」

「分かった分かった。この待遇も、お前が頑張って働いてこそ得られるものだから、邪魔はしないよ。せいぜい稼いでこい」

セスラは三つ目でキッと睨み付ける。

同じ顔のミスラは余裕綽々の笑みでそれを受け止めると、寝台の中から片手を上げたのだった。

セスラは軽く嘆息すると部屋を出た。

そして私室の扉を閉じようとしたところで、シュラに呼び止められた。

「やあ、イスラ。こんなところで会うなんて思わなかったよ。どうしたんだい？　これから開店してお客様を迎えようって時に。忘れ物かい？」

セスラはシュラに部屋の中を見られないよう後ろ手で扉を閉じながら応じた。

「え、ええ。ちょっとね」

「言ってくれれば代わりに取りに戻ったのに。何のためにボクらがいると思ってるんだい？」

「ちょっと他人には頼みづらいものだったから。そういうことってあるでしょ？」

「あ、ああ……そうだね。けど、シャムロックの秘書をしているイスラが、こんなところで働いているとは意外だったよ」

三つ目美女は、三つの瞳を瞬かせた。

「イスラって一体誰のこと？」

「やっぱりセスラと呼んだほうがよいのかな？　じゃあセスラと呼ぶことにするよ。でも惚《とぼ》けなくていいよ。君も、ボクが誰なのか気付いているんだろうし」

「さあ、一体何のことかしら？」

「ボクは知ってるんだよ。レノン種の双子は、一心同体ならぬ一心複体だってこと。セスラ、君はシャムロックのところにいるイスラと瓜二《うりふた》つだ。つまり彼女とは双子で、同じ人格を宿し記憶も共有しているはずだ。そうだろ？」

つまり、一つの魂で複数の身体を操っている状態。シュラはそう言っているのだ。

するとセスラは苦笑して、降参するかのように肩を竦めた。

「あなた、随分と物知りなのね？　もしかして正義の海賊アーチ一族にレノン種がいた？」

「よく分かるね」

「あら、驚いた。当てずっぽうだったのに正解だったの？」

「そう、正解だよ。小さい頃に彼女達には随分と世話になった。で、君のことは何て呼ぼうかな。イスラ？」

「お願いだからその名で呼ばないで。ここで娼姫をしているのはセスラなの。貴女もせっかく変装しているのに、シュラとは呼ばれたくないでしょう？　ティナエ海軍海佐艦長シュラ・ノ・アーチ」

「そうだね。賞金首だとバレたら大変だ……だから、ここにいる限りはユラで頼むよ。オディのことはもちろんミスールで」

「分かったわ。で、何の用かしら？　互いの素性を内緒にすることを約束するために来たの？　お願いだから、プリメーラお嬢様の救出を手伝えとか言わないでよね」

「ああ、もちろんさ。プリムの救出はこっちでやるから大丈夫。君には見て見ぬ振りをして欲しい」

「いいけど、確認させて欲しいことがあるわ。あのトクシマって料理人もエダジマって男も、貴女の仲間なのね？　当然、メイベルも」

「隠してもしょうがないね。もちろん三人ともボク達の仲間だ。彼の料理の腕を生かして王城船に入り込むのが目的さ」

「そう……」

セスラは考え込むように頷いた。

「まあ、いいわ。それなら黙っていてあげる。ただしこのメトセラ号や娼姫達に迷惑を掛けるようなことはやめて。確かに私はティナエでシャムロックの秘書として仕えてるけど、このウルースでは娼姫。私にとって、ここは大切な職場で、みんなは大切な仲間なの。それだけは分かって欲しいのよ」

「分かったよ。ここのみんなには迷惑を掛けないようにする」

「ように――じゃ、だめよ。約束してくれないと」

「わ、分かった。必ず配慮すると約束するよ」

シュラはそうセスラと約束を取り交わしたのだった。


一方その頃、メイベルは厨房周りをうろうろしていた。

技の類いは、習い覚えたら使ってみたくなるのが人間の性《さが》だ。

空手を習い覚えてある程度の期間が過ぎるとやたら喧嘩したくなるというから、きっとそれと同じことなのかもしれない。

「確か、こうじゃったか――」

彼女もまたそうだった。

娼姫達から『童貞を殺す視線』とやらを教えてもらったので――もちろんその名称は文学的修辞であって、効果の対象も童貞に限らず男性全般にわたるのだが――その効果を試してみたくなったのだ。

そこで徳島のいる調理場へと向かった。

「えっと……姿勢は若干前屈みに。唇は艶《つや》めくように潤ませて半開き。手は軽い握りこぶし、小脇をしっかりと締めて、下から上目遣いに男の目を覗き込むように……見るべし」

その状況を例えるなら、傘を持ったサラリーマンがつい駅のホームでゴルフスイングを練習してしまうようなものかもしれない。あまりにも自分のことにばかり熱中しているから周りが見えていない。

ターゲットの徳島がとっくの昔に移動していたことにも気付いていない。そして代わりに、別の料理人がその場にいることにも気付いていない。

「あ……」

「わっ……」

名前もよく覚えていない料理人の青年が、顔を真っ赤にして凍り付いたかのように立ち止まっていた。

「メイベル。そこで何をしているのです？」

背後にいた江田島から問われてようやく気付いた。

目の前にいたのは徳島ではなかった。料理人の青年が頬や耳を真っ赤にしてメイベルを見つめていた。

「ま、まずい」

失敗を悟ったメイベルは、慌てて調理場から逃げ出した。

さて、今の出来事を料理人の青年から見るとこうなる。

その蒼い髪の少女と目が合った瞬間、二人は雷に打たれたように恋に落ちた。少女は頬を赤らめ恥ずかしそうに調理場から逃げ去ってしまった。

少女は最近入店したばかりで、名前は確か……

「あ、待って。メイベル！」

逃げ去る少女の背中には、付いてきてくださいと書いてあった。男ならば、追わなくてどうする。追うべきだ。追わなくてはならない。

勘違いも甚《はなは》だしいのだが、男とは多かれ少なかれそのような勘違いをしながら生きているものであるから仕方がないのである。


「ハジメ、ハジメ」

「ん？」

徳島がオデットに呼ばれて振り返る。メイベルと同じように『童貞を殺す視線』を学んだオデットが徳島に技を仕掛けていた
しかし徳島の反応はなかった。目をぱちくりさせるだけなのだ。

「ど、どうしたの？」

娼姫達が言うような効果が得られなくて、オデットはむくれた。

「むう……」

そして別の男性に向けて使ってみたのである。

調理場の若い青年だ。すると彼は頬を真っ赤にして、魅入られたようにオデットを見つめたのである。

「ま、まずいのだ」

その目が何を意味しているか経験がないに等しいオデットとて理解できる。慌ててその場から逃げるように立ち去ることにした。

だが、今の出来事を料理人の青年から見るとこうなる。

そのカラフルな翼の少女と目が合った瞬間、二人は雷に打たれたように恋に落ちた。少女は頬を赤らめ恥ずかしそうに調理場から逃げ去ってしまった。

少女は最近入店したばかりで、名前は確か……

「あ、待って。ミスール！」

逃げ去る少女の背中には、付いてきてくださいと書いてあった。男ならば、追わなくてどうする。追うべきだ。追わなくてはならない。

勘違いも甚だしいのだが、男とは多かれ少なかれそのような勘違いをしながら生きているものであるから仕方がないのである。

ほんと、しょうがない生き物である。

メイベルとオデット。二人がそそくさと立ち去り、それを追うようにして若い料理人が調理場から出て行ってしまった。

忙しい仕込みの最中、勝手に職場を放棄するなんて由々しき事態である。

しかし徳島はバクバクと高鳴る心臓を抑えるのに苦労していた。

「ああ、びっくりした……」

オデットの童貞を殺す視線とやらは、実はそれなりに効果があったのだ。

〈下巻に続く〉

「銀座編」開幕!!
累計630万部突破!
(電子含む)
ゲートSEASON1～2
大好評発売中!
漫画
最新20巻
大好評発売中!
SEASON1　陸自編
単行本
●本編1～5／外伝1～4／外伝+
●定価:本体1,870円(10%税込)
文庫
●本編1～5〈各上・下〉／
外伝1～4〈各上・下〉／外伝+〈上・下〉
●各定価:本体660円(10%税込)
漫画
漫画:竿尾悟
●1～20(以下、続刊)
●各定価:本体770円(10%税込)
SEASON2　海自編
単行本
●本編1～5
●定価:本体1,870円(10%税込)
最新4巻
〈上・下〉
大好評発売中!
文庫
●本編1～4〈各上・下〉
●各定価:本体660円(10%税込)

●ISBN978-4-434-29725-0 ●定価:1,870円(10%税込) ●Illustration:Daisuke Izuka

ネットで人気爆発作品が続々文庫化！

アルファライト文庫 大好評発売中!!

劣等貴族、迫害を受ける亜人と共に左遷
領民ゼロの大荒野を……
神話の魔法で
のけ者達の楽園《ユートピア》に！

変わり者と呼ばれた貴族は、辺境で自由に生きていきます1～2

塩分不足 *enbunbusoku*　illustration riritto

落ちこぼれ領主がチート能力で大地を再生!?
『変換魔法』で仲間達と辺境に理想の街を築く！

名門貴族グレーテル家の三男・ウィルは、魔法が使えない落ちこぼれ。それによって幼い頃に父に見限られ、本宅から離れた別荘に追いやられてしまう。そんなウィルも十八歳になり、家の慣わしで自分の領地を貰うことになったのだが……父から与えられたそこは、領民が一人もいない劣悪な荒野だった！　ネットで大人気の超サクサク辺境開拓ファンタジー、待望の文庫化！

文庫判　各定価：671円（10%税込）

アルファライト文庫

この作品に対する皆様のご意見・ご感想をお待ちしております。

おハガキ・お手紙は以下の宛先にお送りください。

【宛先】

〒150-6008 東京都渋谷区恵比寿4-20-3 恵比寿ガーデンプレイスタワー 8F
(株) アルファポリス 書籍感想係

メールフォームでのご意見・ご感想は右のＱＲコードから、
あるいは以下のワードで検索をかけてください。

アルファポリス 書籍の感想 検索

ご感想はこちらから

本書は、2019年11月当社より単行本として
刊行されたものを文庫化したものです。

ゲート SEASON2《シーズン》 自衛隊《じえいたい》 彼《か》の海《うみ》にて、斯《か》く戦《たたか》えり 4.漲望編《ちょうもうへん》〈上《じょう》〉

柳内たくみ（やないたくみ）

2022年3月31日初版発行

文庫編集－藤井秀樹・芦田尚
編集長－太田鉄平
発行者－梶本雄介
発行所－株式会社アルファポリス
〒150-6008東京都渋谷区恵比寿4-20-3恵比寿ガーデンプレイスタワー8F
TEL 03-6277-1601（営業） 03-6277-1602（編集）
URL https://www.alphapolis.co.jp/
発売元－株式会社星雲社（共同出版社・流通責任出版社）
〒112-0005東京都文京区水道1-3-30
TEL 03-3868-3275
装丁・本文イラスト－黒獅子
装丁デザイン－ansyyqdesign
印刷－中央精版印刷株式会社

価格はカバーに表示されてあります。

落丁乱丁の場合はアルファポリスまでご連絡ください。

送料は小社負担でお取り替えします。


ISBN978-4-434-30058-5 C0193